시끄러운 원숭이 잠재우기

마음속
108마리
원숭이 이야기

시끄러운 원숭이 잠재우기

아잔 브라흐마 지음 · 각산 엮음

나무옆의자

시작하며

_ꟗ

바나나에도 깊은 의미가 담겨 있습니다.

바나나를 모르는 사람은 없을 것입니다. 그만큼 흔하디흔한 과일이죠. 그런데 우리는 제대로 바나나 껍질을 벗길 줄 모릅니다. 사람들은 대부분 바나나를 꼭지에서부터 껍질을 벗깁니다. 그러나 바나나 전문가인 원숭이는 항상 꼭지를 움켜쥐고 반대쪽 끝에서부터 껍질을 벗깁니다. 한번 원숭이처럼 바나나 껍질을 벗겨보세요. 그러면 원숭이의 방법이 훨씬 쉽다는 것을 알게 될 것입니다.

원숭이가 그렇듯 명상을 하는 불교 승려들은 마음을 둘러싸고 있는 어려운 문제와 마음을 분명하게 구분할 줄 아는 전문가들입니다. 이제 여러분을 삶의 여러 문제를 다루는 수도승 명상법으로 초대합니다. 바나나 껍질을 벗기는 것처럼 당신은 이전보다 훨씬 더 수월하게 인생을 살아갈 수 있을 것입니다.

아잔 브라흐마

차례

시작하며 5

1

좋을지 나쁠지 누가 알겠나

당신에게 묻는다. 당신은 과거의 기분 나빴던 일들은
모두 과거에 내버리고 행복했던 순간들만 기억하는
사람인가. 인간만사 새옹지마다. 복(福)이 화(禍)가 되
기도 하고, 화(禍)가 복(福)이 될 수도 있다. 지금 이 순
간과 상황이 좋을지 나쁠지 누가 알겠는가.

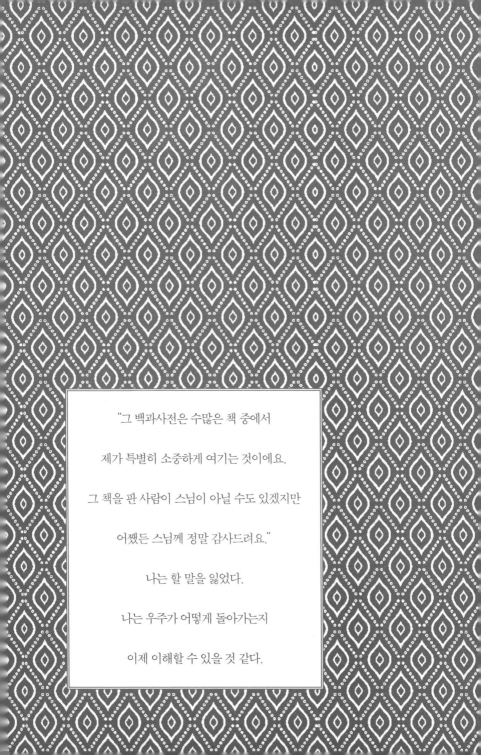

"그 백과사전은 수많은 책 중에서

제가 특별히 소중하게 여기는 것이에요.

그 책을 판 사람이 스님이 아닐 수도 있겠지만

어쨌든 스님께 정말 감사드려요."

나는 할 말을 잃었다.

나는 우주가 어떻게 돌아가는지

이제 이해할 수 있을 것 같다.

옛날에 어느 왕이 사냥을 하다가 손가락을 다쳤다. 왕은 사냥을 나
갈 때면 언제나 자신을 수행하던 의사를 불렀다. 의사는 왕의 상처
에 붕대를 감았다. 왕이 물었다.

"아무 일 없겠는가?"

의사가 대답했다.

"좋을지 나쁠지 누가 알겠습니까?"

왕과 일행들은 사냥을 계속했다.

궁으로 돌아오고 나서 상처가 덧나자 왕은 그 의사를 다시 불렀
다. 의사는 상처를 소독하고 조심스럽게 연고를 바르고는 붕대를
감았다.

왕이 걱정되어 물었다.

"확실히 괜찮겠는가?"

의사는 또다시 답했다.

"좋을지 나쁠지 누가 알겠습니까?"

왕은 불안해졌다.

왕의 예감은 들어맞았다. 며칠 만에 왕의 손가락은 너무 심하게 곪아서, 결국 의사는 왕의 손가락을 잘라야만 했다. 무능한 의사 때문에 머리끝까지 화가 난 왕은 직접 의사를 지하 감옥으로 끌고 가 감방에 처넣었다.

"감방에 갇히니까 기분이 어떤가, 이 돌팔이야!"

의사는 어깨를 움츠리면서 대답했다.

"폐하, 감옥에 갇힌 게 좋을지 나쁠지 누가 알겠습니까요."

"무능하기만 한 게 아니라 제정신이 아니로구나!"

왕은 그렇게 말하고서 자리를 떠났다.

몇 주 후, 상처가 아물자 왕은 다시 사냥을 하러 궁 밖으로 나갔다. 동물을 쫓다가 일행으로부터 멀어지게 된 왕은 숲 속에서 길을 잃었다. 길을 헤매던 왕은 숲 속 토인들에게 잡히고 말았다. 그날은 마침 토인들의 축제날이었는데, 그들로서는 밀림의 신에게 바칠 제물이 생긴 셈이었다. 토인들이 왕을 큰 나무에 묶어놓고 제물을 잡기 위해 칼을 가는 사이 무당은 주문을 외우면서 춤을 추기 시작했다. 무당이 날카롭게 간 칼로 왕의 목을 치려다가 소리쳤다.

"가만! 이 사람은 손가락이 아홉 개밖에 없다. 신께 바칠 제물로는 불경스럽다. 풀어줘라."

풀려난 왕은 며칠 만에 왕궁으로 돌아가는 길을 찾았고, 곧바로 지하 감옥으로 가서 그 지혜로운 의사에게 말했다.

"좋을지 나쁠지 누가 알겠느냐고 실없는 소릴 할 때는 멍청이라고 생각했는데 이제 보니 그대가 옳았네. 손가락을 잃어버린 게 좋았던 거야. 하지만 그대를 감옥에 가둔 건 내가 나빴던 것이네. 미안하이."

"폐하, 무슨 말씀이십니까? 제가 감옥에 갇힌 게 나빴다니요? 저를 감옥에 가두신 건 아주 좋은 일이었습니다. 아니면 저는 그 사냥에 폐하를 따라나섰을 테고 제가 잡혔다면 제물이 되었을 것입니다. 저는 열 손가락을 다 가지고 있지 않습니까!"

ㅅ

옛날 옛적에 농부 두 명이 닭을 키우고 있었다. 한 농부는 아침 일찍 일어나 바구니를 집어들고 닭이 전날 밤에 낳은 달걀을 챙기러 닭장 안에 들어갔다. 그러나 그 농부는 달걀은 썩게 바닥에 내버려두고 닭똥을 바구니에 채웠다. 그러고는 그 닭똥 바구니를 집 안으로 가져왔다. 집 안에 악취가 진동할 수밖에 없었다. 가족들은 그 멍청한 농부한테 진저리를 쳤다.

다른 농부도 똑같이 바구니를 집어들고 전날 밤에 생산된 달걀

을 챙기러 닭장으로 들어갔다. 하지만 이 농부는 바구니를 달걀로
채우고 닭똥은 썩게 바닥에 내버려두었다. 닭똥은 나중에 훌륭한
비료가 되어주었다.

물론 당신이라도 닭똥을 집 안으로 들여올 리는 없을 것이다. 그
농부는 달걀만 들고 집으로 와서는 가족들을 위해 맛있는 오믈렛
요리를 만들고 나머지는 시장에 내다 팔아 현찰을 챙겼다. 가족들
은 영리한 농부를 무척이나 좋아했다.

이 우화의 핵심은 이것이다. 당신은 과거의 결과물을 챙길 때 바
구니에 어떤 걸 담아서 집으로 가져오는가. 당신은 오늘(혹은 평생
동안) 기분 나빴던 일들을 몽땅 챙겨서 집으로 가져오는 사람은 아
닌가.

"여보, 나 오늘 무인 단속 카메라에 찍혔다니까!"

"여보, 부장이 내가 한 일을 두고 무지무지 화를 냈어!"

당신에게 묻는다. 당신은 과거의 기분 나빴던 일들은 모두 과거
에 내버리고 행복했던 순간들만 기억하는 사람인가. 다시 묻는다.
당신은 닭똥을 챙기는 사람인가, 아니면 달걀을 챙기는 사람인가.

구

스님들은 물을 포도주로 바꾸지 못하게 돼 있는데, 아마도 그 이유

는 호주에는 기독교인이 불교인보다 많기 때문인 것으로 보인다.

몇 해 전 호주 시드니에서 일어난 사건이다. 한 남자가 회식 때 동료들과 맥주를 마시고 만취 상태에서 차를 운전하여 집으로 가고 있었다. 그는 아마 음주운전을 해도 걸리지 않을 것으로 판단한 모양이었다.

그날 밤, 시드니 경찰은 음주운전을 단속하기 위해 교통량이 많은 한 도로에 차단기를 설치했다. 그 도로 차단기는 하필이면 그 남자의 집으로 가는 길에 세워졌고, 그 남자는 단속에 걸릴 처지가 되고 말았다. 빠져나갈 구멍은 없었다. 그는 음주 측정을 위해 늘어선 줄에서 대기하면서 면허증까지 분실한 것을 깨닫고 벌금이 왕창 나올 것이라는 걸 각오해야만 했다.

드디어 차례가 오자 그는 차에서 내렸고, 경찰은 그에게 튜브가 달린 작은 측정기를 불라고 내밀었다.

바로 그때, 차량이 충돌하는 소리가 들려왔다. 차량 한 대가 차단기를 발견하고 급정거를 하는 바람에 뒤차가 앞차를 추돌한 것이었다. 차량이 충돌하는 소리를 들은 경찰은 음주측정기를 도로 뺏어가면서 말했다.

"당신 음주 측정보다 추돌사고가 더 급하니 가봐야겠습니다. 그냥 집으로 가세요."

경찰에게 제대로 걸렸다가 곧바로 풀려난 것이다. 정말 운이 좋았다. 하지만 그 행운도 오래가지 못했다.

다음 날 아침, 그 남자는 누군가가 집 초인종을 쉬지 않고 누르는 소리에 깨어났다. 그가 옷을 입으려고 침대에서 기어나왔을 때는 전날 밤 마신 술의 숙취로 인해 머리가 깨지도록 아팠다. 몇 분 후 그가 대문을 열자 시드니 경찰관 두 명이 문 앞에 서 있었다.

그는 처음에는 깜짝 놀랐지만 곧 냉정해질 수 있었다.

'이 사람들이 이제는 날 체포할 수 없을 거야. 난 운전하고 있지 않잖아.'

그래서 경찰들이 그 남자의 차고를 좀 들여다보자고 해도 안심하고 허락했다. 어쨌든 그는 차고에는 자신의 차밖에 없으니까 걱정할 게 없다고 생각했다.

그런데 차고 문을 열었을 때 그는 심장이 멎는 줄 알았다. 차고 안에는 경찰차가 있었다. 전날 밤, 그 남자는 경찰들이 자신을 풀어줬을 때 너무 취해서 엉뚱한 차에 올라타고는 집으로 몰고 온 것이었다. 경찰은 교통사고를 처리하는 동안 경찰차 한 대를 잃어버렸고, 그 대신 도로 차단기 앞에 다른 차 한 대가 덩그러니 남아 있는 것을 발견했다. 경찰은 곧바로 차 주인을 추적했던 것이다.

음주운전은 경찰차도 마음대로 움직인다.

패트릭은 우리 절에 처음으로 체류했던 사람이다. 그는 가족도 없고 정해진 거처도 없는 상당히 자유로운 영혼이었다. 그는 한 절에서 다른 절로, 한 영적 공동체에서 다음 공동체로 떠돌아다녔다. 그는 떠돌이였던 것이다. 그렇게 그는 우리 절의 초창기 때 합류하여 기반 시설을 지을 당시 험한 일을 도왔다.

그는 집도 없었고 저금한 돈도 없었다. 그가 가진 것 중에서 유일하게 값나가는 물건은 그가 즐겨 타던 할리데이비슨 오토바이였다. 그 근사한 오토바이를 몰며 무엇으로부터도 속박받지 않은 채 자유를 만끽하면서 호주를 돌아다녔다.

그가 시드니의 한 대형 쇼핑몰에서 겪은 일을 내게 편지로 전해왔다. 그는 할리데이비슨을 다층 주차장에 세워두고, 물건 몇 가지를 사서 오토바이가 있는 곳으로 돌아왔는데 아연실색하고 말았다. 주차 구역이 휑하니 비어 있었던 것이다. 누군가가 그의 할리데이비슨을 훔쳐간 것이었다.

그 오토바이는 그가 가진 유일하게 값나가는 물건이었다. 그걸 사려고 정말 오랫동안 저축했었다고 했다. 그가 가고 싶은 곳이라면 어디든지 자유롭게 갈 수 있게 해주던 기계였다. 그러나 이제는 생활이 어려운 누군가가 가져가버린 것이었다. 물론 팔아서 마약을 하려고 그랬는지도 모르겠지만. 이제 그는 아무것도 가진 게 없었다.

다행히 그는 불교 법문을 꽤 오랫동안 들어서 집착이란 무의미하다는 것을 잘 이해하고 있었다. 그 순간 부처님의 가르침이 생각났던 것이다.

"내가 사랑하고 기뻐하는 것 모두는 어느 날 나를 떠나게 된다."

그래서 그는 곧 다음과 같이 생각하면서 할리데이비슨을 잃어버렸다는 사실을 받아들였다.

'오, 그래. 우리는 모든 걸 조만간에 놓아버려야만 해. 내가 어쩔 수 없는 걸 가지고 괴로워할 이유가 없어. 그 할리를 타고 이 광대한 땅을 돌아다니면서 정말 즐거운 시간을 가졌었잖아. 이젠 그 할리가 새 주인에게 그런 즐거움을 주길 바라야지.'

그가 그렇게 마음을 먹어버리자 도둑은 그의 오토바이만 훔쳤을 뿐 그의 마음은 훔치지 못한 게 되었다. 그는 놓아버리기의 어려운 시험을 성공적으로 통과한 셈이었다.

자신의 영적 성장에 만족스러운 미소를 지으면서 대중교통을 이용하러 걸어가던 그는 불현듯 자기가 다층 주차장의 엉뚱한 층에 있다는 걸 깨달았다. 그가 다른 층으로 계단을 내려가자 거기에는 자신의 할리데이비슨이 늘 그랬던 것처럼 미소를 지으며 서 있었다. 놓아버리기 시험을 통과했을 뿐만 아니라 그는 오토바이도 찾았다. 그는 두 가지를 성취한 것이었다. 잘했어, 패트릭!

— ＼＼ —

한 사업가가 1977년에 인도 뭄바이로 출장을 떠났던 얘기를 나에게 들려주었다. 출장 간 일은 잘 끝났고, 비행기 탑승 시간까지는 꽤 여유가 있는 상태였다. 그 남자는 국제공항으로 가기 위해 택시를 불렀다고 한다. 그런데 택시를 타고 가다가 길을 잃어버리고 말았다. 택시기사는 현지인이었는데도 길을 찾지 못했다. 시간이 속절없이 흐르자 그 사업가는 비행기를 놓칠까 봐 서서히 걱정이 되기 시작했다. 그는 택시기사에게 버럭 화를 냈다. 그럴수록 택시기사는 더 당황할 뿐이었다.

그 사업가는 자신의 유일한 희망은 비행기가 늦게 출발하는 것뿐이라는 걸 알아차렸다. 하지만 가까스로 국제공항에 다다랐을 때 그의 마지막 희망이 깨졌다는 걸 알았다. 평소에는 자주 연착하는 인도 비행기가 그날 딱 한 번 유일하게 제시간에 떠나버린 것이었다. 그는 자신이 탔어야 할 비행기가 이륙하는 모습을 눈앞에서 지켜보고는 화가 나서 소리쳤다.

"이 멍청한 운전사야! 택시 운전을 하려면 당연히 공항 가는 길은 알고 있어야 하잖아. 당신, 다시는 택시 운전 같은 거 하지 마,

이 멍청아! 비행기를 놓치고 말았잖아!"

그런데 그 순간 그는 하늘에서 땅으로 곤두박질치는 비행기를 두 눈으로 보았다. 동체가 땅에 충돌하면서 탑승자 전원이 사망하고 말았다. 그러자 사업가는 택시기사에게 지갑에 있는 돈을 전부 주며 말했다.

"와우! 당신은 멋쟁이 택시기사야! 당신은 내 친구! 자, 팁을 듬뿍 드리리다!"

사업가는 그때의 경험으로 삶의 태도를 완전히 바꿔버렸다고 말했다. 그는 일이 계획한 대로 되어가지 않을 때에도 더 이상 화를 내지 않는다고 했다. 그 대신에 '좋을지 나쁠지 누가 알아?'를 되새긴다는 것이다.

—◞

미국의 어느 일류 병원의 한 외과의사가 여환자의 의무기록을 검토했다. 환자는 심각한 암에 걸려 있었고 그 지역 다른 병원들에서는 모두 포기한 상태였다. 그녀에게는 어떠한 치료도 효과가 없어 보였고, 돈도 많이 들게 생겼을 뿐만 아니라 살아날 가능성은 거의 희박했다. 의사는 환자의 기록을 꼼꼼히 점검하고, 추가로 몇 가지를 더 질문한 다음 치료를 맡기로 결정했다.

동료 의사들은 그가 이 여성 환자의 치료에 동원하고자 하는 규모에 놀랄 수밖에 없었다. 그는 다른 과에 부탁하여 미국 내 최고 수준의 전문가들을 한데 모아 수술 팀을 꾸렸다. 그리고 그는 한정된 시간과 에너지를 이 여성 환자를 돕는 데 모두 쏟아부었다.

의사의 엄청난 노력은 좋은 결과로 나타났다. 여러 달 후, 그 의사는 여성 환자에게 암이 완전히 없어졌고 행복하게 오래 살 수 있을 것이라고 말할 수 있었다.

며칠 뒤, 그 여성 환자는 병원에서 온 청구서를 우편으로 받았다. 그녀는 수십만 달러의 청구서가 나올 걸로 생각하면서 걱정스럽게 봉투를 뜯었다. 그런데 거기에는 청구서 대신 담당 의사의 친필 메모가 들어 있었다.

우유 한 잔과 쿠키 두 개로 이미 이십오 년 전에 갚으셨습니다.

이십오 년 전, 그 의사는 학비를 벌기 위해 잡일을 하던 가난한 의대생이었다. 그가 맡은 잡일 중의 하나가 일일이 가정을 방문하여 물건을 파는 판매원이었다. 어느 무더운 날 늦은 오후, 하루 종일 아무것도 팔지 못한 그 의대생은 마지막으로 어느 집 대문을 두드려보았는데 한 아주머니가 문을 열어주었다. 아주머니는 그의 진부한 설명을 듣고는 아무것도 살 생각이 없다고 했다. 그러다가 아주머니는 피곤해 보이는 청년에게 물었다.

"밥은 먹고 다니는 건가요?"

"아침 먹고는 아무것도 못 먹었어요."

"그럼, 여기서 잠깐만 기다려요."

아주머니는 그렇게 말하고는 지칠 대로 지친 젊은 의대생에게 얼른 우유 한 잔과 쿠키 두 개를 가져다주었다.

이십오 년 후, 그 의대생은 미국 일류 병원의 수석 외과의사가 되어 있었다. 그는 환자의 의무기록을 검토하던 중 그녀의 이름이 머릿속에서 종소리처럼 맑고 투명하게 울리는 느낌을 받았다. 그리고 그는 전화 몇 통으로 그 환자가 자신이 방문판매원으로 일할 때 친절하게 간식을 내주었던 바로 그 아주머니였다는 사실을 확인할 수 있었다.

젊은 의대생은 오래전의 일이었으나 한 번의 작은 친절을 결코 잊을 수 없었고, 그 보답으로 친절한 아주머니를 암에서 살려냈을 뿐만 아니라 치료비도 대신 내준 것이었다.

ㅅ

내 머리카락이 지금보다는 엄청나게 길었던 학생 시절, 학비를 벌기 위해 나 또한 남들처럼 아르바이트를 했다. 그중 하나가 집집마다 돌아다니며 아동용 백과사전을 파는 일이었다.

먼저 판매 설명법을 숙지해야만 했다. 반드시 활용해야 하는 지침이 있었는데, 아동용 백과사전처럼 어마어마한 지식의 보고를 사지 않는 것은 당신의 사랑하는 아이에게 꼭 필요한 교육을 방기하는 것이라는 논조로 설득력 있게 논쟁하는 것이었다. 부모들이 만약에 이 엄청난 백과사전을 사지 않는다면 정말 무책임할 뿐만 아니라 아동학대죄를 짓는 것과 같다고 심리적으로 압박을 가하라는 지침이었다.

물론 그런 강매는 부도덕한 것이었다. 그런 줄 알았지만 그때 나는 어렸고 절박했다. 첫날, 나는 어린 두 아이들과 새집으로 이사 온 다정한 젊은 부부에게 한 세트를 팔았다. 그날 밤, 잠을 제대로 이룰 수 없었다. 내가 엉터리에 쓰레기 같은 백과사전을 팔아먹은 바람에 한 젊은 부부가 지불 청구서를 하나 더 떠안게 된 것이었다. 죄책감을 심하게 느낀 나는 다음 날 아침 그 일을 그만두었다.

나는 그로 인해서 오랫동안 양심의 가책을 받았다. 나중에 수행승이 되어 나 자신을 용서하고, 그 같은 번뇌를 놓아버리는 법을 배웠다. 긴 머리 시절, 나는 그렇게 미숙했다.

나는 호주의 서부 퍼스에서 금요일 야간 법문 때 이 일화를 용서의 한 예로 들어 설명한 적이 있다. 나중에 이십 대 후반의 한 젊은 여성이 나를 찾아왔다.

"스님께서는 안 믿으실지 모르겠지만 이 이야기는 실제로 있었던 일이에요."

그녀는 그렇게 말을 꺼냈다.

"제가 아주 어려서 영국에서 자랄 때였는데 긴 머리를 한 젊은 학생이 저희 집을 방문하여 부모님에게 아동용 백과사전을 팔았어요. 저는 그 책들을 아주 좋아했거든요."

그리고 그녀는 진지하게 말했다.

"그 백과사전은 수많은 책 중에서 제가 특별히 소중하게 여기는 것이에요. 그 책을 판 사람이 스님이 아닐 수도 있겠지만 어쨌든 스님께 정말 감사드려요."

나는 할 말을 잃었다.

나는 우주가 어떻게 돌아가는지 이제 이해할 수 있을 것 같다. 나는 지금도 그 책을 판 사람이 바로 나였다는 것을 굳게 믿고 있다.

ㄱㄷ

내가 어렸을 때는 땅딸막한 체형이 건강하고 걱정 없는 행복의 표상으로 여겨졌다. 게다가 나를 고무시킨 성상(聖像)은 TV 연속극 〈로빈 후드〉의 프라이어 턱이었다. 그는 친절하고 그 시대의 사회적 양심이었다. 그는 살찌고 지혜롭고 유쾌했다. 그는 내가 열렬히

닮고 싶어 하던 부류의 수도사였다. 요즘 사람들은 모두 날씬하고 잘 웃지 않는다.

어느 날 저녁, 한 중국인 부인이 호주 퍼스에 있는 우리 절로 나를 찾아와서 내 배를 문지르더니 행운을 빌었다. 나는 꼼짝없이 나의 풍만한 배 사이즈 때문에 걱정이 되기 시작했다. 그래서 급하게 좀 알아보았다.

그 결과 과학 실험들은 우리가 행복할 때, 특히 웃을 때 우리 몸의 혈관이 눈에 띄게 확장된다는 사실을 이론의 여지없이 입증하고 있었다. 하지만 처량하거나 걱정스러우면 혈관이 아주 좁아진다.

이 실험은 많은 걸 알려주었다. 살찐 사람들이 대부분 산타클로스처럼 유쾌하고 친절하다는 걸 아시는가. 살찐 사람들은 자주 잘 웃기 때문에 혈관이 고속도로처럼 넓어져서 나쁜 콜레스테롤과 기타 찐득찐득한 것들이 모두 다 빠져나간다. 하지만 살찌고 명랑하지 못한 사람들은 혈관이 좁고 쉽게 막혀 모두들 한참 전에 죽을 수밖에 없었다.

그러니 이 책의 저자처럼 과체중인 사람들은 모쪼록 많이 웃기 바란다. 혈관 확장 효과가 당신의 생명을 구할 것이다.

한 예로, 미국의 유명한 코미디언 조지 번스가 그의 구십 대 중반의 생일날 인터뷰 때 생활습관에 대한 질문을 받고 다음과 같이 대답했다.

"선생님은 구십 대 중반이신데도 이른 아침까지 나이트클럽에 나가 계시면서 스카치위스키를 드시고 담배도 한 갑씩이나 피우시고 기름진 음식도 드시는데 건강은 걱정되지 않으시나요?"

조지가 대답했다.

"전혀요. 우리 마누라는 항상 내 건강과 생활습관을 걱정했죠. 그래서 마누라가 먼저 죽었답니다."

�֍

옛날 옛적 어느 해 겨울에 누더기 옷차림의 한 불쌍한 소녀가 눈 덮인 숲 속에서 바람이 숭숭 들어오는 그녀의 조그만 오두막에 불을 피우기 위해 땔감을 줍고 있었다. 그러던 중 소녀는 떨어진 나뭇가지 사이로 지독히도 못생긴 개구리 한 마리를 보았다. 소녀는 비명을 질렀다.

"으악! 얼른 집어서 던져버려야겠어!"

그때 망측하게 생긴 개구리가 말했다.

"제발 던지지 말아주세요. 대신 저를 도와주세요. 사실 저는 제 음악을 싫어하던 사악한 마녀의 마법에 걸린 불쌍한 아이랍니다. 제게 키스해주시면 마법이 풀리게 돼요. 그렇게 해주시면 답례로 부자로 만들어드리고 제가 하인이 되어드릴게요."

불쌍한 소녀는 눈을 질끈 감고 개구리에게 키스했다. 아쉽게도 개구리는 왕자로 변하지는 않았다. 오늘날 왕국에는 경호원이 하도 많아서 사악한 마녀들도 마법을 걸어 가까이 갈 수조차 없으니까. 그런데 개구리는 왕자보다 훨씬 더 근사하게 변했다. 그 개구리는 저스틴 비버보다 더 멋있고, 그만큼 부자인 유명한 팝 싱어로 변한 것이었다. 그들은 한가족이 되었고 지금 말리부의 맨션에서 아주 행복하게 살고 있다.

이것은 살짝만 바꾼 아주 오래된 동화다. 하지만 이 이야기가 말하고자 하는 것은 무엇일까? 현재 우리가 살고 있는 세상에는 '못생긴 개구리들'이 많다. 당신의 시어머니가 그중의 하나일 수도 있다. '시어머니'라는 낱말의 철자를 다시 풀어 맞추면 '히틀러—여인'이 된다.★ 그럼 어떻게 하면 시어머니같이 그렇게 밉살스러운 개구리에게 키스할 수 있을까?

한 젊은 불자 새댁은 나름 애를 쓰는데도 시어머니와 잘 지낼 수가 없었다. 시어머니는 그 며느리가 무슨 말을 하든, 무슨 짓을 하든 하나도 마음에 들어하지 않았다. 시어머니는 항상 나무라기만 했다. 새댁은 미칠 지경이었다.

며느리는 명상을 해보았다. 그러나 소용없었다. 며느리는 매일

★ '시어머니(mother-in-law)'의 스펠링을 재조합하면 '히틀러(hitler)' '여인 (woman)'이 된다는 말이다.

아침저녁으로 시어머니에게 사랑과 자비 베풀기 명상을 해보았다. 그것도 소용없었다. 다음으로 불공을 드려보았다. 그것도 소용없었다. 시어머니는 여전히 그녀를 못마땅하게 여겼다.

대승불교도인 그 새댁은 자주 준제불모 관세음보살님께 기도를 드렸다. 그날도 아침 일찍 관음기도를 하고 있었다. 시어머니 걱정에 지칠 대로 지쳐서 그랬는지 그녀는 기도 중에 잠이 들어버렸다. 그때 관세음보살님이 하늘거리는 흰옷을 입고 자비의 감로수 병을 들고 있는 꿈을 꾸었는데, 그녀는 관세음보살님의 얼굴을 보는 순간 놀라 자빠졌다. 절에서 늘 보던 얼굴이 아니었다. 대신에 꿈속의 관세음보살님은 시어머니의 얼굴을 하고 있었다.

그것은 좋은 징조였다. 그때부터 새댁은 어려운 시어머니를 관세음보살님의 화신으로 여겼다. 시어머니에 대한 그녀의 태도가 그렇게 근본적으로 변하자 시어머니의 대접이 달라졌다. 시어머니가 며느리를 좋아하기 시작했고 금세 최고의 친구 사이가 됐다.

못생긴 개구리에게 키스해 사악한 마법을 풀어주는 방법은 이렇다. 당신이 남을 대접하는 대로 남들도 당신을 똑같이 대접한다.

─ヽ─

몇 해 전 호주 퀸즐랜드에 엄청난 홍수가 났을 때 한 스님이 절 지붕에 고립되고 말았다. 구조 배가 스님을 구하러 다가왔을 때 물은 점점 불어나고 있었다. 배의 선장이 경의를 표하며 말했다.

"스님, 구해드리러 왔으니 어서 올라타세요."

스님이 대답했다.

"필요 없어요! 나는 자비의 보살인 관세음보살님 신봉자예요. 나는 보살님을 믿습니다. 관세음보살님께서 나를 구해주실 거예요. 모두들 가셔도 좋습니다."

스님은 구조 배가 더 이상 시간을 지체할 수 없을 때까지 아무리 배에 올라타라고 설득해도 듣지 않았다. 결국 그 배는 다른 사람들을 구하러 떠나야 했다.

두 번째 배가 다가왔을 때, 스님은 물이 차올라 어느 절에나 있는 지붕 끝 하늘로 비스듬히 솟아 있는 장식에 매달려 있었다. 구조대가 소리쳤다.

"스님, 스님은 성인이십니다. 우리 모두 스님의 신심에 감동받았습니다. 이젠 배에 오르시지요. 물이 계속 불어나고 있습니다."

스님이 대답했다.

"절대 안 돼요! 이건 내 신심을 시험하시는 거예요. 내 평생 관세음보살님께 기도해오고 있어요. 보살님께선 날 버리지 않으실 거예요. 관세음보살님께서 날 구해주실 거라고요. 모두들 그냥 가셔도 됩니다."

구조대가 아무리 설득을 해도 그 스님은 절대 배에 올라타지 않았다. 그래서 구조대는 떠났다. 헬리콥터가 날아와 사다리를 내려줬을 때는 물이 더 차올라 스님은 절의 TV 안테나를 붙잡고 있었다. 구조대는 헬기에서 메가폰으로 소리쳤다.

"스님! 이게 마지막 기회입니다. 스님의 신심은 증명됐습니다. 이제 사다리를 붙들고 올라오세요. 안전하게 끌어올리겠습니다. 물이 계속 차오르고 있습니다. 위험해요."

평소에는 조용했던 스님이 괴로워하면서 신음을 흘렸다.

"몇 번이나 말해야 되겠습니까? 관세음보살님께서 날 구해주실 거예요. 난 관세음보살님을 믿습니다. 그냥 가셔도 됩니다."

그 용감한 스님은 구조사다리를 잡는 것을 거부했다. 다음에 무슨 일이 일어났겠는가. 물이 차올라 스님은 익사하고 말았다.

스님은 무지무지 화가 난 채로 저승에 나타났다. 스님은 자비의 관세음보살님을 찾아갔다. 보살님을 보자 불평을 퍼부었다.

"저는 보살님을 그토록 믿었는데 저를 내치셨습니다. 저는 다른 신도들이나 비신도들 모두에게 보살님이 저를 구해주실 거라고 말했습니다. 그런데 구해주지 않으셨습니다. 저는 너무 창피하고, 실망한 채 죽었습니다. 왜 저를 구하려 하지 않으신 거죠?"

관세음보살님은 방금 익사한 스님에게 아주 상냥한 미소를 지으면서 부드럽게 말씀하셨다.

"내가 널 구하려 하지 않았다는 게 무슨 얘기냐? 내가 배 두 척과 헬리콥터 한 대를 보내지 않았느냐?"

이제 기도를 하지 않는 법을 아셨을 것이다.

———୭

정부 기관 사람들은 악명 높은 잘난 관료들이다. 그들은 권력을 가지고 있고 종종 권력을 과시할 필요를 느낀다. 서부 호주 경찰청 전술기동그룹(특별기동대) 소속의 한 불자가 아시아 어느 나라의 호주 영사관에서 아내의 비자를 받으려고 했다. 담당 직원이 하나도 도움이 안 돼서 그가 점잖게 나무랐다. 그러자 여직원이 말했다.

"저기 보안요원 보이죠? 한 번만 더 뭐라고 하면 당신을 쏴버리라고 할 거예요!"

그 불자는 포로 취급을 받으면서 어찌어찌하여 위기는 벗어났지만, 호주 영사관에서 호주 사람에게 굳이 그런 기술을 구사할 줄은 꿈에도 몰랐다고 했다.

두 번째 사례는 호주 퍼스에서 정비공장을 하고 있던 한 친구의 이야기다. 어느 날 아침 공장에 도착했는데 웬 차 한 대가 그가 드나드는 차로를 가로질러 불법 주차를 해놓고 있었다. 입구를 완전히 막아놓아 건물 안으로 들어갈 수가 없었다. 직원들도 손님들도 드나들 수 없었다. 때문에 지방경찰청에 전화해 그 장애물을 치워 달라고 했다.

전화를 받은 경찰청 직원이 하는 말이 담당 경찰관을 보내서 스티커는 붙이겠지만 법규에 따라 견인은 일주일 후에만 할 수 있다는 것이었다.

"그 말은 내 손님들이 수리할 차를 가지고 드나들 수 없단 말 아닙니까? 공장을 일주일 동안 문 닫으란 거잖아요!"

그 지방경찰청 직원이 말했다.

"죄송합니다만, 법규는 법규니까요."

내 친구는 다행히도 영리하고 용기가 있었다. 경찰청으로 그의 밴을 몰고 가서 경찰청 주차장 출구를 가로질러 조심스럽게 주차해놓았다. 그러자 경찰청 직원들의 차도, 배달 밴들도, 방문객 차들도 나올 수 없었다. 경찰관들이 그의 대형 밴을 치우라고 요구하자 그가 말했다.

"스티커를 붙이세요. 당신들 법규에 따라 일주일 후에 치워질 겁니다."

간단한 타협 끝에 그의 공장을 막고 있던 차가 즉시 옮겨졌고, 곧이어 경찰청 주차장을 막고 있던 그의 밴도 옮겨졌다.

잘난 관료들을 다루는 법은 이렇다.

태국의 선왕들은 대개 그 나라에서 가장 영리한 사람을 자신의 곁에 두었다. 그런데 면도날처럼 예리하고 통찰력 있는 한 대신이 있었다. 동료 대신들은 왕 앞에서 그 대신을 당황하게 만들어 벌을 받게 할 방법을 찾기로 모의했다.

대신들은 왕 앞에서 그 대신의 수많은 능력을 칭찬하기로 계획을 세웠다. 타인의 마음을 읽는 능력을 가졌다고 치켜세운 뒤 그가 경솔하게 자인하는 지경까지 몰아가서 자만심을 드러내게 하기로 결정한 것이다. 그래서 대신들이 생각하고 있는 것을 그가 알 수 있도록 유인하기로 했다. 그들이 실제로 생각하고 있는 것을 그 잘난 체하는 대신이 맞히더라도 틀렸다고 딱 잡아떼면 되었다. 왜냐하면 어느 누구도 다른 사람의 생각을 알 수 없는 법이니까.

그러던 어느 날, 어전회의 때 대신들은 돌아가며 그 건방진 대신의 훌륭한 지혜와 능력을 칭찬했다. 이윽고 그의 자만심이 신중함을 넘어섰다고 생각했을 때 한 대신이 소리쳤다.

"이 사람은 정말 재능이 뛰어납니다. 아마도 다른 사람들의 마음도 읽을 수 있을 겁니다. 맞지요?"

그 대신이 자신 있게 말했다.

"물론 할 수 있습니다."

다른 대신들이 서로 쳐다보며 미소를 지었다. 그들의 교활한 덫에 그가 걸려든 것이었다.

"좋습니다. 그럼 폐하께 지금 우리가 무슨 생각을 하고 있는지 말씀드리세요."

그가 그들의 생각을 맞히더라도 그들은 모두 다른 것을 생각하고 있었노라고 말할 참이었다. 대신들이 그를 옭아맨 것이었다. 예리한 그 대신은 뭐든지 아는 체한 작태부터 이미 도망갈 데가 없어진 것이었다. 그 대신은 말을 시작했다.

"폐하, 제가 폐하의 신하들이 지금 생각하고 있는 것을 바로 말씀드리겠습니다. 그들은 모두 폐하께 진심으로 헌신하겠다는 생각을 하고 있습니다."

대신들은 몇 초 동안 생각해보고는 동의했다.

"예, 폐하. 우리 모두 그런 생각을 하고 있었습니다."

그게 뭐든지 다 아는 것이다.

ゔ 丂

지난 몇 년간 금값이 엄청나게 뛰었다. '침묵은 금'이기 때문에 예전 어느 때보다 요즘 침묵이 틀림없이 훨씬 더 가치가 높다. 어느 상품이든 품귀현상을 보이면 가치가 올라간다.

요즘 세상에는 침묵이 설 자리가 드물다. 내가 청년 시절 런던에 살고 있을 때 종종 시내의 교회당이나 성당을 찾아가곤 했다. 비를 피하거나 비슷한 다른 목적 때문만이 아니라 과부하가 걸린 머리를 식혀주고 마음을 차분히 가라앉혀줄 침묵의 피난처를 찾아들어 간 것이었다.

시내에서 바쁜 하루를 보내고 나면 그런 마음의 안식처를 찾아가곤 했다. 어느 날 삼십 분 동안만 조용히 명상해야겠다고 웨스트민스터대학의 수도원을 찾아들어갔는데 그때가 그런 방문의 마지막이 됐다. 들어서자마자 크게 실망했기 때문이다. 일주일 전에 방송시설을 설치해놓고는 녹음 설교와 선교 안내를 계속 방송해대고 있었던 것이다. 거기에는 더 이상의 침묵은 없었다. 이것은 신성모독이라고 생각하고 자리를 떴다.

웨스트민스터 수도원의 경험으로 나는 침묵을 아주 중요하게 여기게 되었고 사원들과 절들을 침묵의 천국으로 만들려고 노력했다. 그런 고요한 피난처들이 보존되도록 부단히 영향력을 행사했다.

시청의 건축감독관이 나를 만나러 오겠다는 약속을 해왔다. 나는 우리 사원의 건축물들에 무슨 문제가 있는 줄 알았지만 곧 그가 그런 걱정을 불식시켰다. 그는 그저 나에게 감사하러 온 것이었다.

그는 자신이 우리 지역 시청의 모든 신축건물 공사와 기존 건물 개보수 공사의 최종심사관으로 근무하고 있다고 말했다. 그 일은 스트레스가 아주 심했다. 건축자들은 건축비 절감을 꾀했고 그는 건축물의 안전과 질을 고집해야만 했다. 그는 한계를 넘어 뻗어버릴 지경이 될 때마다 우리 사찰 주차장까지 차를 몰고 오곤 했다고 고백했다. 차에서 내릴 필요까지는 없었고 그저 앉아서 침묵에 푹 젖어들면 피로와 긴장을 푸는 데 충분했다고 말했다.

그는 우리 주차장에서 많은 시간 그렇게 피로를 풀었다. 주차장이 그의 비밀 피난처였다. 그는 곧 은퇴할 것이라고 했다. 은퇴 전에 꼭 한번 찾아와서 우리 주차장의 침묵에 대해 감사를 표하고 싶었다고 했다.

스님들이 고요히 명상하는 사원에서는 하루에도 몇 번씩 북 치고 종을 쳐대는 곳과는 확실히 다른 평온한 기운이 자라난다. 여러 해, 수백 년 그렇게 지속하면, 그 침묵이 날이 갈수록 차곡차곡 쌓여서 절의 벽돌만큼이나 탄탄해지고, 추운 밤의 따뜻한 물잔처럼 안락하게 느껴지고, 사랑의 포옹처럼 부드럽게 마음을 가라앉혀준다. 법문과 덕담이 없어도 된다. 침묵이 스승이자 치료사다.

한 친구가 방콕의 어느 고요한 절을 방문했던 때 일을 내게 전해준 적이 있다. 그는 경내에 들어서면서 한 여인이 벤치에 앉아 혼자 울고 있는 걸 목격했다. 태국 문화를 몰라 맘대로 돕겠다고 나설 수가 없어서 마음이 편치 않았다. 때문에 여인을 돕지 못하고 한 건물로 볼일을 보러 들어갔다. 반 시간 후 나와보니 그 여인이 아직 벤치에 앉아 있었다. 하지만 더 이상 울고 있지는 않았다. 그래서 그녀에게 다가가 혹시 도움이 필요한지 물었다.

여인은 영어를 아주 잘했다. 그녀는 방금 비극적인 일을 겪고는 너무 괴로워 진정하려고 그 사원에 왔다고 했다. 그녀는 스님들의 조언도 필요 없었고 외국인의 도움도 필요치 않았다. 그 조용한 벤치에 앉아서 아무한테도 방해받지 않고 울고 싶은 만큼 맘대로 울고 나니 이제는 기분이 훨씬 좋아졌다는 거였다. 그리고 그녀는 미소를 지으며 일어났다.

친구는 묻지 않을 수 없었다.

"그 비극이 뭐였나요?"

그녀가 대답했다.

"아, 그거요? 자동차 키를 잃어버렸어요."

🌱

한 남자가 절에서 볼일을 마치고 밤늦게 집으로 돌아가고 있었다. 그는 묘지를 가로지르는 지름길을 택하기로 했다. 그는 과학자였고 귀신 따위는 믿지 않았다. 적어도 그의 친구들에게는 그렇게 말하곤 했다.

왜 그런지는 모르지만 거리를 밝히는 가로등은 늘 공동묘지와는 멀리 떨어져 있다. 또는, 아마도, 그렇게 보이는 것일 수도 있었다. 당신이 귀신이 있다고 믿든 안 믿든 공동묘지는 늘 밤에는 무시무시한 법이다.

공동묘지를 반 정도 지나자 기분이 좀 나아졌다. 그런데 그때 무언가가 자신을 따라오고 있는 것 같은, 이상한 소리가 나는 듯한 느낌을 받았다. 그는 그 느낌을 단순한 상상으로 생각하고 무시한 채 계속 걸었다.

하지만 아니었다. 무언가가 그를 따라오고 있었다. 그래서 그는 좀 더 빠르게 걷기 시작했다. 그러자 그를 따라오는 그것도 같이 더 빠르게 걷고 있는 것처럼 들렸다. 이건 자신의 마음의 장난이라고 스스로 안심시키며 뒤를 돌아보지 않으려고 했지만 그는 결국 뒤를 돌아보고 말았다. 그게 큰 실수였다.

그의 눈은 공포로 휘둥그레졌다. 턱이 걷잡을 수 없이 떨리기 시작했다. 충격으로 얼굴에서 핏기가 가셨다. 불과 몇 미터 뒤에서 따라오고 있는 것은 관이었다. 흙과 거미줄로 뒤덮인 관이 쿵쿵쿵 소리를 내며 뒤따라오고 있었다. 그는 돌아서서 뛰었다. 그러자 관도 쿵쿵쿵 소리를 내며 뒤따라왔다. 관이 그를 따라잡고 있었다.

운 좋게 그의 집이 지척에 있었다. 그는 정원 대문을 넘어 현관문으로 뛰었다. 관이 정원 대문을 들이받았다. 더 세게, 더 세게 부딪쳤다. 그는 현관에 도착해서 집 문 열쇠를 주머니에서 꺼냈다. 커다란 쿵 소리와 함께 관이 정원 대문을 부수고 들어왔다. 그는 열쇠를 떨어뜨렸다. 관이 그에게 쿵 하며 달려들었다. 겁에 질린 그가 열쇠 뭉치의 아무 열쇠나 잡아서 자물쇠에 집어넣으려 애썼다. 관이 그를 덮치려는 찰나 열쇠가 맞았다. 관이 현관문에 도달했을 때 그는 문을 열고 안으로 뛰어들어가 문을 쾅 하고 닫았다. 그는 진땀을 흘리며 부들부들 떨면서 집 안에서 마음을 진정시키려고 애썼다.

쿵! 관이 문을 치기 시작했다. 쿵! 관이 더 세게 문을 들이받았다. 쿵! 경첩들이 부서지기 시작했다. 공포 속에서, 자물쇠가 달린 유일한 방인 욕실로 뛰어올라갔다. 계단 꼭대기에서 관을 보려고 뒤를 돌아보니 관이 초자연적인 힘으로 현관문을 부수고 집으로 들어왔다. 그는 욕실로 날아들어가 문을 잠갔다. 가슴이 두 방망이질을 하고 있었다.

관이 계단을 쿵쿵거리며 올라오는 소리를 들을 수 있었다. 관이 욕실 문을 밀고 들어오는 소리를 들었다. 그 튼튼한 현관문이 관을 붙들어둘 수 없었다면 욕실 문은 틀림없이 부서질 것이었다. 쿵! 욕실 문이 부서졌다. 이제는 더 이상 도망갈 데가 없었다. 관이 그에게 다가왔다. 본능적으로 다가오는 관을 향해 집어던질 무엇인가를 잡으려고 팔을 뻗었다. 선반 위의 약병이 잡혔다. 관에 맞은 유리병이 박살나면서 냄새나는 액체가 거미집투성이의 나무 관을 뒤덮었다. 관이 정지했다. 기적이었다. 관이 움직임을 멈췄다.

그 병에는 다름 아닌 기침약이 들어 있었다. 약사가 말했던 바로 그대로였다.

"이 기침약은 어떤 관이라도 틀림없이 잡을 거예요."★

–〝–

한 친구가 호주 퍼스에 있는 가난한 건축업자의 보조로 일하고 있었다. 그는 그루터기 나무들 위에 지어진 낡은 집을 개보수하는 일을 돕고 있었다. 그가 다른 작업자들이 모두 퇴근한 후에 청소를 하고 있었는데 누군가가 말하는 소리가 들려왔다.

"손을 이 밑에 넣으세요!"

주변엔 아무도 없어서 자기가 그 목소리를 상상한 줄로만 생각했다. 그런데 다시 그 소리가 들렸다.

"손을 이 밑에 넣으세요!"

이것은 그의 마음이 장난치고 있는 게 아니었다. 실제 소리가 들린 것이었다. 귀신이 틀림없었다. 당신이라면 어떻게 하겠는가. 도망칠 필요는 없다. 많은 귀신들이 친절하기 때문이다.

★ 영어의 '기침 소리(coughing)'와 '관(coffin)'은 발음이 거의 같게 들린다.

그래서 그는 집 바닥에 손을 넣고는 큰 주석 상자를 끄집어냈다. 열어보니 현금 수천 달러가 들어 있었다. 그는 작고한 예전 집주인이 탈세할 목적으로 집 바닥에 숨겨놓았을 거라고 의심했다. 그는 그 돈을 생애 첫 주택 구입 보증금으로 썼다. 그는 그렇게 인생의 첫발을 내디뎠다.

그러니 만일 귀신이 "손을 이 밑에 넣으세요!"라고 하면 이제 어떻게 해야 할지 알 것이다.

다른 한 친구는 개를 데리고 혼자 살았다. 그녀는 하루에 두 번씩 개를 데리고 숲 속으로 산책을 다녔다. 그녀는 개를 하나뿐인 친자식처럼 사랑했다.

어느 날 아침 숲 속에서 개와 놀다가 그녀는 반지를 잃어버렸다. 그 반지는 보석이 박힌 비싼 것은 아니었지만 그녀의 소중한 추억이 담겨 있는 것이었다. 그녀는 반지가 틀림없이 떨어졌을 곳을 제대로 짚긴 했지만 아무리 찾아봐도 반지를 찾을 수 없었다. 실망한 채 잃어버린 걸로 생각하고 포기하고 말았다.

얼마 지나지 않아 그녀는 반지 일은 까맣게 잊어버렸다. 그런데 그녀가 사랑하는 개가 죽고 말았다. 그녀는 개가 죽은 후 그 개가 집 안에서 여러 날을 짖어댔다고 내게 말했다. 상상 속에서 그런 게 아니었다. 실제로 개 짖는 소리가 들렸고 그녀는 그게 그녀의 개가 짖는 소리라는 걸 쉽게 알았다. 하지만 그녀는 개의 모습은 전혀 볼 수가 없었다. 짖는 소리가 들리는 곳으로 쫓아가보곤 했지만 개는 한 번도 보이지 않았다.

어느 날, 그녀가 집 안의 현관 바로 옆에 있었을 때 또 개 짖는 소리가 밖에서 들려왔다. 그녀는 사랑하는 개를 한 번 더 볼 수 있기를 바라면서 얼른 문을 열었지만 개는 보이지 않았다. 그런데 현관 발판 위에 뭔가가 있었다. 출입구 발판 한가운데에 잃어버렸던 그녀의 반지가 있었던 것이다. 세상을 뜬 그녀의 개가 찾아준 것이었다. 그 후로 그녀는 개가 짖는 소리를 듣지 못했다.

팀은 런던에서 퍼스로 이주해왔다. 어느 날 한밤중에 잠에서 깨어 일어난 그는 침실의 등을 켰다. 그런데 침대 끝에 그의 늙은 어머니가 서 있었다. 그의 어머니는 에섹스에서 살고 있었다. 그는 이것이 틀림없는 귀신인 줄로만 알았다. 어찌 됐든 전혀 무섭지가 않더라고 내게 말했다. 그의 어머니가 아들에 대한 무조건적인 사랑으로 미소를 지으며 거기 조용히 서 있는 것을 보면서 그는 너무나도 행복하고 편안해졌다.

그는 어머니가 틀림없이 돌아가신 거라고 생각했지만 전혀 슬프지가 않았다. 어머니의 미소에서 나오는 사랑이 어떤 슬픔도 덮어버렸다. 그 환영이 한참 동안, 몇 분간 지속됐다. 귀신이 마침내 사라지자 팀은 그런 상황에서 다른 영국 사람이 하는 것처럼 그대로 했다. 침대에서 일어나 차를 한 잔 만들어 마셨던 것이다.

차를 마시고 있는데 전화가 울렸다. 영국에서 온 누이의 전화였다.

"팀, 한밤중에 전화해 미안하지만 좋지 않은 소식이 있어."

팀이 말을 가로막았다.

"그래, 알아. 어머니가 돌아가셨지."

누이는 믿기지 않아 소리쳤다.

"아니, 네가 그걸 어떻게 알아? 우린 방금 병원에서 돌아왔어!"

팀이 어머니의 귀신 이야기를 했다. 그렇게 어머니를 마지막으로 한 번 보고 어머니의 사랑에 푹 젖어본 것은 그로서는 정말 반갑고 멋진 경험이었다.

음미해야 한다. 사물이나 개념의 속 내용을 새겨서 느끼거나 생각해야 하는 것이다. 남편이 70점이면 그냥 두어라. 부인이 98점이면 푹 쉬라고 하고, 실패도 좀 하라고 충고해야 한다. 성공이나 실패의 교훈을 음미해야 깨달음을 얻기 때문이다.

2

장님을 안내하는 장님

이 녀석은 쉬지 않고 잔소리를 해대는

제 마누라와 애들 넷과 함께

시끄러운 집에서 살고 있습니다.

녀석은 평화롭고 조용한 곳에서 잠을 자기 위해

댁을 찾아가는 걸 겁니다.

혹시 저도 갈 수 있을까요?

덕이 높은 고승들이 머물고 있는 절로 잘 알려진 북인도 산악지대의 유명한 사찰에서 최근에 영적 지도자이기도 한 스님을 새 주지로 선출했다. 겨울이 다가오고 있어 젊은 스님들이 그 스승님에게 이번 겨울이 추울지 따뜻할지 여쭈어보았다.

새 주지 스님의 명상이 아직 일기예보를 예측하기에 충분할 정도로 무르익지 않았었다. 하지만 안전한 게 좋을 것이고 제자들에게도 좋은 인상을 주고 싶어, 주지 스님은 추운 겨울이 될 테니 땔나무를 많이 모아두는 것이 좋겠다고 말씀하셨다.

며칠 뒤, 주지 스님은 지역 기상센터에 전화하여 얼마 전에 옥스퍼드대학에서 최고 학위를 받은 기상 전문가에게 물어보면 되겠다는 생각을 떠올렸다.

스님은 익명으로 물었다.

"선생님, 금년 겨울 날씨는 어떨 것 같습니까?"

기상 전문가가 대답했다.

"지금 상태로는 추운 겨울이 될 것 같습니다."

다음 날 주지 스님은 스님들에게 땔감을 더 많이 수집하라고 주문했다. 일주일 뒤, 주지 스님은 또다시 기상센터에 익명으로 전화를 했다.

"지난번 예측했던 것처럼 아직도 올겨울이 추울 것 같습니까?"

전문가가 대답했다.

"지금 상태로 봐서는 더 나빠질 것 같습니다, 선생님. 아주 추운 겨울이 될 것 같습니다."

다음 날 아침 주지 스님은 앞날을 미리 내다보니 이번 겨울은 이 산에서 겪어본 중에 가장 추운 겨울이 될 것이니 눈에 띄는 나뭇가지는 하나도 남기지 말고 모두 거둬오라는 지시를 내렸다.

스님은 너무 지나쳤던 것 같다는 생각도 들고 만일 자신의 말이 틀리게 되면 명성이 떨어질 것 같아 지역 기상센터의 수장에게 다시 전화를 했다.

"선생님, 기상 징후로 봐 아주 추운 겨울이 될 게 확실한 거죠?"

최고 수장은 대답했다.

"틀림없습니다! 실제로 징후가 날마다 점점 더 나빠지고 있습니다. 지금 징후로는 정말 극도로 추운 겨울이 될 것 같습니다."

익명의 통화자인 스님이 물었다.

"어떻게 그렇게 확신하십니까?"

유식한 수장은 대답했다.

"왜냐하면요, 우리 지역 절의 명성 자자한 스님들이 모두 나서서 미친 듯이 땔감을 거둬가고 있거든요."

내 친구가 들려준 이야기다. 친구에 따르면 이 얘기는 주식시장 생태를 보여주는 은유라고 했다. 그의 은유가 맞는 것 같다.

ㅅ

수행승이 되기 전에 나는 영국의 한 고등학교 선생이었다. 십 대들을 가르치는 일은 누구라도 속세를 떠나 스님이 되고 싶다는 생각이 들 정도로 스트레스가 많다.

내가 처음으로 수학 시험 문제지를 만들게 됐을 때 선배 교사에게 조언을 구했다. 그 선생님은 평균 점수가 30~40점이 되면 학생들이 기죽게 되니 너무 어렵게 출제하지 말라고 충고했다. 시험이 어려우면 학생들이 수학을 너무 어렵게 생각해 포기하게 된다는 거였다. 한편으로는 시험이 너무 쉬워서 평균 점수가 90~100점이 되면 시험의 의미가 없어지게 된다는 말도 덧붙였다.

그래서 그 선생님은 평균 점수가 70점이 되는 것을 목표로 문제를 출제하라고 강조했다. 그래야 학생들이 수학 공부에 자신감을 갖게 되며, 학생들이 틀렸던 30점에 해당하는 부분을 다음 수업에서 가르칠 수 있다는 논리였다. 시험에서 얻은 70점은 자신감을 위한 것이고, 나머지 30점은 배우기 위한 것이었다.

나중에 나는 인생도 이와 같다는 걸 알게 되었다. 인생의 시험 점수가 30~40점이면 기죽게 되고 포기하게 된다. 우울해지는 것이다. 인생에서 항상 95~100점을 맞게 되면 아주 조금밖에 배우고 싶지 않게 되고 발전 없이 정체하게 된다. 하지만 당신의 인생 점수가 마법의 70점 정도를 유지하게 되면, 동기부여가 되어 필요에 따라 성공도 충분히 하게 되고, 인간으로서 배우고 성장할 수 있도록 실패도 충분히 하게 된다.

೨ ೯

70점의 법칙은 우리가 100점을 바라면 왜 안 되는지 잘 보여준다. 또한 이 법칙은 우리가 왜 가끔씩 실패해도 되는지도 보여준다. 30점을 목표로 삼으면 풍부한 인생을 살게 된다. 절대로 실패하지 않는 것을 목표로 삼으면 엄청나게 스트레스를 받게 되고 두려워지게 되는데 목표를 통제하자니 제대로 살 수가 없는 것이다. 그러니 기대를 70점으로 낮추고 인생을 즐길 수 있기를 바란다.

사람들은 자신의 남편이나 아내에게 너무 높은 기대치를 갖고 있기 때문에 서로를 인정하거나 오래 지속되는 부부 관계를 유지하기가 어렵다. 그러니 남편이 70점밖에 안 된다 하더라도 그대로 내버려두어야 한다. 아내가 98점이면 푹 쉬라고 하고, 실패도 좀 하라고 충고해야 한다. 그렇게 하지 않으면 당신이 그녀를 내다 버리게 될 것이다.

부모 또한 자식에 대한 기대치를 낮춰야 한다. 모든 아이들의 절반만이 학교에서 상위 50%에 들 수 있다. 자식도 부모에 대한 기대치를 낮춰야 한다. 우리들 중 그 누구도 성장을 아직 멈추지 않았기 때문이다.

실제로 나는 불자인 부모들에게 자식들이 학교나 대학에서 상위 10%나 하위 10%에 든다면 당신들은 좋은 수행불자가 아니라고 충고한다. 훌륭한 불자는 부처님의 가르침의 핵심인 '중도'를 따라야 하기 때문이다. 그래서 당신의 자식들이 어디서든 중간에 든다면 훌륭한 불자라고 말한다.

청년들은 예쁜 여자친구를 원한다. 젊은 여성들은 부자 남편을 원한다. 하지만 그들 모두 더 행복한 인생을 위해서는 기대치를 낮춰야 한다. 청년들이 예쁜 여자와 결혼하면 아내가 다른 호색한으로부터 유혹을 당할까 봐 전전긍긍하면서 남은 인생 동안 질투와 더불어 살게 된다. 하지만 적당하게 생긴 여자와 결혼하면 걱정할 게 없어진다. 젊은 여성이 부자인 남성과 결혼하면 남편이 다른 여자와 바람을 피울까 봐 늘 의심하게 된다. 하지만 적당히 가난한 남성과 결혼하면 남편은 돈이 없어 절대로 다른 여성을 넘볼 수 없게 되고 결혼생활은 안전하고 맘 편한 것이 된다. 물론 사례에 불과하지만 기대치를 낮추면 인생이 더 편안해지고 아주 재미있어지는 것은 분명하다.

❦

나는 해외여행을 많이 하는 편이다. 그래서 여러 친구들이 내 안전을 많이 걱정한다. 비행기는 테러리스트의 최우선 목표이기도 하고 비행기를 많이 타면 탈수록 나는 자살 폭탄 테러로 날아갈 공산이 더 커지는 것도 사실이다.

친구들을 안심시키기 위해 나는 9천 미터 상공에서 비행기 폭발로 죽으면 이로운 장점 세 가지를 말해주곤 한다.

첫째는 '즉석 화장'이다. 가까운 친지의 장례를 치러본 적이 있는 사람이라면 그 일이 얼마나 힘든지 잘 알 것이다. 상조회사를 알아봐야 하고, 관도 골라야 하고, 친구들과 친지들 모두에게 부고를 내야 하고, 식사 대접까지 해야 한다. 끔찍한 예가 될 수 있지만 당신의 할머니가 한밤중에 비행기를 타고 가다가 폭탄이 터져 돌아가셨다면 한 방에 해결이 된다. 화장한 분골을 뿌리는 일조차도 해결된 셈이다. 걱정거리 없는 즉석 화장이 첫 번째 이점이다.

둘째는 '비용 절감'이다. 장례를 치르자면 으레 엄청난 돈이 들어가기 마련이다. 예식을 진행하는 가족들은 그 주에만 특별히 제공되는 저렴한 장례제품이 있다고 해도 그들의 사랑하는 할머니의 장례를 위해서는 쓰려고 하지 않는다. 할머니가 비행기 테러로 돌아가시면 장례식 비용이 한 푼도 들지 않을 뿐만 아니라 가족들은 항공사로부터 보험금도 넉넉하게 받게 된다. 결국 할머니의 유산도 받게 되는 것이다.

셋째는 '운 좋은 다음 생'이다. 최고의 장점은 이것이다. 할머니가 9천 미터 상공에서 비행기 폭발로 생을 마감하면 천당으로부터 아주 가까운 곳에서 세상을 떠나는 것이어서 할머니가 남은 길을 정말 쉽게 가게 된다.

이러저러한 이유 때문에 나는 비행기를 타는 게 하나도 두렵지 않다. 긍정적인 생각으로 걱정을 극복하는 사례로 보아도 좋을 것이다.

－\－

오슬로에서 법문을 마치고 나자 전에 한 번도 본 적 없는 한 젊은 여성이 인생의 중요한 결정은 어떻게 내리는 것이 좋으냐고 내게 물었다.

나는 확실한 답을 주기 위해 말문을 열었다.

"좋아요, 누군가가 남자친구와 결혼할 것인지 아닌지 결정하려고 고심 중이라고 가정해봅시다."

그러자 그 젊은 여성은 얼굴이 새빨개지더니 두 손으로 머리를 쥐고는 아주 당황해하면서 곁에 앉아 있던 남자친구에게로 몸을 돌렸다. 청중들이 참지 못하고 박장대소했다.

나는 그 여성에게 정중히 사과를 한 다음 또 하나의 반전을 노리며 인생에서 중요한 결정을 내릴 때 쓸 수 있는 오래된 방법 중에 하나를 소개했다.

동전을 던진다! 앞이 나오면 결혼한다. 뒤가 나오면 안 한다.

내가 최근 주목한 새로운 방법은 동전을 던져 그 결과에 대한 당신의 감정이나 반응을 면밀히 살펴보라는 것이다. 앞면을 '나는 그와 결혼한다'로 정하고 동전을 던졌는데 그게 나왔다고 가정해보자. 당신은 행복하게 싱글벙글 웃으면서 "좋았어."라고 반응하는가? 아니면 낙담하고 얼굴을 찡그리면서 "흥! 삼세번은 해봐야지." 하고 반응하는가? 그 반응이 당신이 진정으로 원하는 게 무엇인지 아주 확실하게 말해줄 것이다. 그게 무엇이든지 간에 그 감정이나 반응을 따르시라.

보통은 당신의 가슴이 머리보다 더 믿을 만하다. 동전 던지기는 당신의 가슴이 당신에게 말하는 걸 알아내는 아주 효과적이고도 간단한 방법 중의 하나다.

_೨

불교식으로 결혼식을 올릴 때에는 신랑 신부에게 행운을 기원하는 의미에서 성수(聖水)를 뿌려주는 순서가 있다. 실제로 나는 주례를 볼 때 요즘 결혼하는 신혼부부들이 모든 행운을 빠짐없이 받을 수 있도록 성수를 필요 이상으로 흠뻑 뿌려준다. 특히 신부의 눈 화장이 뺨을 타고 흘러내릴 만큼 성수를 뿌려주는데, 그 정도가 되면 나는 신랑에게 설명한다.

"이제 신랑은 신부가 실제로 어떻게 생겼는지 잘 알겠지요?"

그리고 신랑이 신부의 실제 얼굴을 나중에 아는 것보다는 지금 알아두는 게 더 좋을 것이라고 덧붙인다.

어느 날, 해외에 나갔다가 호주의 퍼스 공항으로 돌아오면서 나는 호주 관세법 전체를 읽어본 적이 있다. 여행객들이 호주로 반입하는 품목 중 금지되는 것의 하나가 성수라는 것을 발견하고는 깜짝 놀랐다. 아마 다음에 소개하는 에피소드 때문에 성수가 반입 금지 품목에 포함된 것인지도 모른다.

입출국 심사가 매우 자유로웠던 시절의 호주 공항에서는 세관검사를 거치지 않고 그냥 걸어나오면 되는 '초록색 출구'가 있었는데, 한 호주인 여행객이 무작위 선발 세관심사를 받게 되었다고 한다. 세관원은 그 여행객의 가방을 열고 옷가지 밑에 신고를 하지 않은 위스키 두 병이 숨겨져 있는 것을 발견했다. 세관원이 물었다.

"이건 뭐죠?"

여행객이 재빨리 머리를 써서 말했다.

"저는 종교인입니다. 프랑스 루르드 성지순례를 마치고 막 돌아오는 길이지요. 이 안에 들어 있는 것은 전부 성수라고요."

세관원이 말을 받았다.

"흠. 그런데 왜 조니워커 라벨이 붙어 있죠?"

"성수를 이 병 저 병 막 담다 보니 그렇게 됐네요. 이건 성수가 담긴 여러 개 중에서 두 병일 뿐이라고요. 이제 가도 되겠죠?"

세관원은 아무래도 수상하여 병 두 개 중에서 하나를 열어보았다. 세관원이 병을 들어 코에 가져다 대고는 단언했다.

"이건 성수가 아니고 위스키잖소!"

그 여행객은 병을 자기 코에 갖다 대고 냄새를 맡은 후 소리쳤다.

"아니, 이럴 수가! 기적이 일어났어요. 할렐루야!"

아마도 이때부터 성수가 호주에서 반입 금지 품목이 된 것으로 보인다. 믿거나 말거나.

현대인들은 인간의 삶이 고대시대와 비교하면 엄청나게 많이 바뀌었다고 추정한다. 하지만 이천오백 년 전 인도의 버릇없는 스님들과 여승들의 이야기를 들여다보면 어떤 일은 절대로 변하지 않는다는 것을 알 수 있다.

오물 배출 하수관이 따로 없었던 오래전, 부처님이 살아 계실 때한 비구니 절의 여승은 화장실의 대변과 기타 쓰레기를 모아둔 통을 치우는 게 임무였다. 어느 날 이른 아침, 그 경망스러운 여승은일하기가 귀찮았는지 쓰레기와 오물을 지정된 장소에 버리지 않고절의 담장 너머로 던져버렸다.

그날 아침, 한 상인이 옷을 잘 차려입고 왕을 만나기 위해 궁전으로 가고 있었다. 그는 마침 그 절 담장 밑을 걸어가던 중이었다. 그는 여러 가지 상념에 빠져 있었는데, 분노를 통째로 머리에 뒤집어쓴 순간 정신이 번쩍 들었다. 그는 속이 뒤집어졌다. 분기탱천하여치를 떨었다. 어디서 분뇨가 통째로 날아왔는지를 알아채고는 고래고래 소리쳤다.

"저것들은 진짜 여승일 리가 없어! 모두 다 쪼그랑 할망구 매춘부들이야! 이놈의 절을 불살라버리겠다!"

그 상인은 머리에 배설물을 뒤집어쓴 채 가로등으로 쓰는 횃불을 집어들고 저주를 퍼부으며 그 절로 쳐들어갔다.

신심이 두터운 한 재가 불자가 화가 머리끝까지 치솟은 상인을 보고는 무슨 일이 있었는지 조용히 물었다. 그 절 여승 중 하나가 그 상인에게 대변을 통째로 쏟아부은 얘기를 듣고는 말했다.

"와, 정말 축하드립니다! 나리께서는 정말 큰 복을 받으셨군요. 성스러운 여스님께서 그런 특별한 방법으로 축복을 해준 건 대단한 길조입니다."

어수룩한 그 상인이 대답했다.

"정말요?"

"그렇고말고요! 이제 집에 가서 몸을 씻고 옷을 갈아입은 다음 왕궁으로 가보세요. 오늘 나리께 아주 좋은 일이 일어날 겁니다."

상인은 비구니 절을 태워버리겠다던 생각은 잊은 채 집으로 뛰어가서 얼른 씻고 옷을 갈아입은 다음 왕궁으로 갔다. 그날 아침 왕은 상인에게 이익이 아주 많이 남는 나라의 일을 계약해주었다.

그 상인은 신이 나서 동료 상인들에게 말했다.

"너희들이 진짜로 사업이 잘되기를 원한다면 그 절의 성스러운 여스님께 축복 중에 최고 축복을 부탁해봐. 특별히 성스러운 대변을 부어달라고 해. 내가 그렇게 해서 복을 받았다니까!"

부처님께서 이 반전의 이야기를 들으시고는 여승들에게 주의를 주셨다. 그날 그 어설픈 상인이 분뇨를 머리에 뒤집어쓴 게 길조라고 믿게 만들 만큼 두뇌회전이 빠른 제가 불자를 만난 건 대단한 행운이었다고 여승들에게 말씀하셨다. 사람들은 때로 믿고 싶은 것만 믿는 법이다.

ㄱ ㄷ

이 이야기는 내가 살고 있는 호주 퍼스에서 남쪽으로 65킬로미터 떨어진 세르펀타인에 있는 보디냐나 사원에서 살았던 고양이에 대한 실화다.

새끼고양이는 우리 절에서 태어났는데 어미는 근처 국유림에 살던 야생 고양이였다. 우리는 움푹 파인 통나무 밑에 굶주린 새끼고양이가 버려져 있는 것을 발견했다.

새끼고양이는 점점 자라면서 작은 새들을 잡아오기 시작했다. 그 고양이는 목에 방울을 달았으나 방울 소리도 내지 않으면서 은밀하게 움직일 정도로 민첩한 녀석이었다. 스님들은 그 새끼고양이를 사랑했지만 슬프게도 그 고양이는 떠나야만 했다. 호주의 삼림은 집고양이에게는 환경적으로 맞지 않았다.

나는 새끼고양이를 잘 키워줄 좋은 가정집을 구했는데, 퍼스 북쪽 워터맨스 만의 해변 주택지구에 위치해 있었다. 새끼고양이가 떠나는 날, 녀석을 집어들어 가방에 넣고, 평소에 늘 우리가 발을 내딛는 차의 뒷좌석 바닥에 내려놓았다. 나를 믿었던 고양이를 떠나보내자니 서운했다.

새로운 주인 크리스는 그 고양이를 차에 태워 워터맨스 만에 있는 그녀의 집까지 곧바로 데리고 갔고, 가방을 집 안에 들어놓고는 모든 문을 잠그고 나서 새끼고양이를 풀어놓았다. 그녀는 고양이를 정원에 풀어놓기 전까지는 새 식구들과 친해지기를 원했다.

사흘 뒤 뜨거운 토요일 오후에 그녀는 새끼고양이를 정원에 풀어놓았다. 그러자 새끼고양이는 곧바로 대문을 향해 달려갔다. 크리스는 뒤쫓아갔으나 고양이의 달리는 속도가 워낙 빨라 잡을 수가 없었다. 크리스는 새끼고양이를 찾아 차를 몰고는 부근을 돌아다녔다. 그러나 고양이의 흔적은 찾을 수 없었다. 새끼고양이는 영영 사라져버린 것이었다.

아마도 당신은 그 새끼고양이가 결국 혼자 길을 찾아 85킬로미터나 떨어진 우리 절로 돌아왔을 것이라고 생각할지도 모른다. 그렇다면 틀렸다. 새끼고양이는 정말 엄청나게 영리해서 그 먼 거리를 걷지 않았다.

그 주 토요일 날, 나는 우리 절에서 북쪽으로는 78킬로미터나 떨어져 있고, 워터맨스 만에서는 남동쪽으로 약 12킬로미터 떨어져 있는 놀라마라에 위치한 우리 절 도심센터에서 법문을 하기로 예정되어 있었다. 놀라마라 불교사원의 닫혀 있는 두꺼운 나무 대문을 지나가다가 나는 이상한 소리를 들었다. 내가 그 문을 열자 거기에 조그만 새끼고양이가 나를 올려다보면서 울고 있었다. 깜짝 놀란 나는 고양이를 절 안으로 데려가려고 요람에 집어넣었는데 그때 녀석의 발이 뜨겁게 달궈져 있는 것을 알았다. 그날은 바깥 온도가 40도를 넘었다. 나는 접시에 우유를 계속 부어주었다. 녀석은 심한 탈수현상을 보였다. 그러고는 고양이들이 좋아하는 모든 걸 해주었다. 녀석은 웅크린 채 편히 쉬었다.

새끼고양이가 도착한 후 얼마 안 되어 크리스로부터 전화가 걸려왔다.

"아잔 브라흐마 스님, 정말 죄송합니다. 제가 고양이를 풀어놓자마자 그냥 뛰쳐나가버렸어요. 차를 타고 두 시간이나 찾아 헤맸다니까요. 정말 죄송합니다. 아마도 녀석이 세르펀타인의 스님의 절로 돌아갈지 모르겠습니다."

나는 말문을 열었다.

"걱정 말아요, 크리스. 새끼고양이는 여기 놀라마라에 나하고 같이 있어요."

크리스가 놀라 숨이 막히는 모양이었다. 그녀는 믿지 못했다. 그녀는 나중에 직접 확인하러 왔다. 새끼고양이는 전에 한 번도 와본 적이 없는 대도시에서 나를 찾아낸 셈이었다. 녀석은 인구 백만 명이 넘는 도시에서 자기를 돌봐주었던 사람을 찾기 위해 방향을 물어볼 줄도 모르면서 지도도 없이 차도와 복잡한 도로들을 가로질러 두 시간 가까이 12킬로미터 정도를 달렸던 것이다.

그 새끼고양이는 딱 한 번 지역 수의사에게 거세받으러 갔을 때 말고는 우리 절을 떠나본 적이 없었기 때문에 그런 엄두는 낼 수 없었을 터였다. 더구나 녀석은 사방으로 뻗어나간 퍼스 수도권 지역에는 한 번도 가까이 가본 적이 없는 시골뜨기 고양이였다. 녀석이 우리 절을 떠날 때는 뒷좌석 바닥에 놔둔 가방 안에 있었다. 녀석은 자기가 어디로 가고 있는지 알 길이 없었다. 그런데도 그 영리한 고양이는 그렇게 빨리 나를 찾아냈다.

그 고양이는 당연히 우리 절로 돌아온 후 오래도록 행복하게 살았다. 이십이 년을 살았고, 세상을 떠난 후에는 우리 법당 옆에 있는 보리수나무 아래에 묻혔다.

❧

모든 애완동물에게 공평하게 대하자는 의미에서 최근에 전해 들은 이야기를 하나 옮길까 한다. 한 영리한 개가 현대생활 속에서 스트레스를 풀어내는 이야기다.

한 부인이 장을 보고 돌아와 교외에 떨어져 있는 자신의 집 대문을 열었다. 그런데 그때 어디선가 갑자기 큰 개 한 마리가 그녀를 지나치더니 집 안으로 뛰어들어갔다. 부인이 장을 봐온 물건들을 내려놓을 즈음 개는 조용한 방의 한구석에 웅크리고 앉았더니 이내 잠들어버렸다. 그 개는 래브라도 리트리버 종이었는데, 목걸이를 하고 있었으며 잘 다듬어진 상태였다. 분명히 떠돌이 개는 아니었다. 그 친절한 부인은 개를 좋아했는데, 특히 래브라도 리트리버 종을 좋아해서 녀석이 머물 수 있도록 내버려두었다. 녀석은 약 두 시간 후에 일어나 스르르 집 밖으로 나가버렸다. 부인은 이때도 그냥 나가게 내버려두었다. 녀석은 그렇게 사라졌다.

다음 날, 그 개는 그녀의 집으로 다시 찾아왔다. 부인은 녀석이 다시 들어오게 그냥 두었다. 녀석은 전날과 같이 조용한 방구석에 가서 웅크리고 앉아서는 두 시간이나 잠에 빠졌다.

이렇게 똑같은 일이 네댓 번 되풀이되고 나자 부인은 사랑스러운 그 개가 어디에 사는지, 왜 자신의 집에 계속 찾아오는지 궁금해지기 시작했다. 그래서 메모를 써서 접은 뒤 그 래브라도 리트리버의 목걸이에 붙여놓았다.

내용은 다음과 같았다.

댁의 개가 지난 닷새 동안 매일 오후가 되면 우리 집을 방문하고 있습니다. 집에 와서 하는 짓이라고는 조용히 자는 게 전부입니다. 나하고는 상관없는 일이기는 하지만 녀석이 사랑스럽고 성품이 그렇게 좋을 수가 없더군요. 녀석이 어디에 사는지, 왜 계속 우리 집을 찾는지 정말 궁금합니다.

다음 날 녀석은 다른 메모가 감긴 목걸이를 하고 부인의 집으로 찾아왔다. 펼쳐보니 이렇게 쓰여 있었다.

이 녀석은 쉬지 않고 잔소리를 해대는 제 마누라와 애들 넷과 함께 시끄러운 집에서 살고 있습니다. 심지어 두 아이는 다섯 살도 되지 않았습니다. 녀석은 평화롭고 조용한 곳에서 잠을 자기 위해 댁을 찾아가는 걸 겁니다. 혹시 저도 갈 수 있을까요?

_9

케임브리지대학에 다닐 때 기독교도인 내 친구들이 정신장애를 치료하는 지역 병원에서 자원봉사를 할 예정이라고 내게 말했다. 나는 불자로서 그들이 말하는 것처럼 '이웃에게 뒤지지 않게 살기'를 실천하기 위해 나도 자원해야겠다고 생각했다. 그러니까 내가 자원봉사를 하러 가는 이유는 종교적인 자긍심 이상의 것은 아니었다.

나는 다운증후군 장애인들을 치료하는 작업요법과(課)에서 봉사하기 위해 매주 목요일 오후 케임브리지에서 홀번 병원까지 가는 버스를 탔다. 내 기독교도 친구들은 몇 주 후에 병원에 가는 것을 모두 그만두었지만 나는 이 년간 계속 다녔다. 나는 대부분의 시간을 이론물리학 공부에 쓰기는 했지만 바쁜 학사 일정 후에는 병원에 봉사하러 가는 게 제일 우선순위였다. 나는 다운증후군 친구들을 만나러 가는 것을 거른 적이 한 번도 없었다. 진심으로 매주 목요일 오후를 즐겼다.

나는 다운증후군 친구들이 감성적으로 얼마나 총명한지 깨닫고 깜짝 놀랐다. 내가 전날 밤의 파티로 지쳐 있거나 여자친구와 이별해 우울해하면 그들은 어김없이 짚어냈다. 그들이 나를 따뜻하게 안아주고 가식 없는 미소를 지으면 얼음이 녹아내리는 것처럼 마음이 풀렸다. 그들의 마음은 열려 있었고 복잡하지 않았다. 내 마음과는 달랐다.

100퍼센트 이성애자였던 나는 다른 남자가, 그것도 여러 사람이 보는 데서 나를 그렇게 감성적으로 포옹하는 게 어색할 수밖에 없었다. 하지만 나를 포옹하는 동안 내 친구의 얼굴에서 본 천진난만한 즐거움이 나를 편안하게 하고 함께 즐길 수 있도록 만들었다. 감성적 세계를 그렇게 잘 이해하는 홀번 병원의 사람들과 함께하는 생활은 복잡하지 않았다. 케임브리지대학에서 감정표현에 서툰 것 말고는 모든 일에 전문가인 사람들과 함께 공부하는 것과는 아주 달랐다.

어느 목요일 오후, 이 년간의 봉사로 어느 정도 경험을 쌓게 되자 작업요법과 과장님이 오후 1부의 한 그룹을 내게 맡겨주었다. 나중에는 오후 2부의 다른 그룹도 나 혼자 맡았다. 나는 그런 일이 있으리라고는 전혀 생각하지 못했다. 다운증후군 친구들의 비밀을 지킬 수 있었던 것이다.

내가 떠나는 날이 되자 급여를 받는 작업요법과 정규 임직원들이 나를 큰 방으로 불렀다. 거기에는 나의 다운증후군 친구들이 환하게 웃으면서 임직원들과 함께 서 있었다. 가장 오랜 기간 동안 자원봉사를 한 학생에게 선물을 증정하려는 것이었다. 내가 한 그룹과 일을 하는 동안 다른 그룹과 임직원들은 나를 위한 선물을 만드느라 분주했던 모양이었다. 드디어 그들이 내게 선물을 증정하려는 시간이었다.

선물은 상점에서 팔 수 있을 정도로 세련됐을 뿐만 아니라 나를 울게 만들었다. 나는 그동안 다운증후군 선생님들로부터 여러 사람 앞에서 눈물 흘리는 법을 배웠다. 나의 눈물은 기쁨에 찬 눈물이었다. 작업요법과 과장님이 내 마지막 시험이 다음 주에 시작되고 그날이 내가 봉사하는 마지막 날이라는 것을 듣게 되어 멋진 감사의 송별회를 마련하게 됐다고 말했다. 나는 눈물을 흘리면서 대답했다. 사실 시험은 열흘이나 남아 있다고. 제발 다음 주에도 오게 해달라고. 사람들은 모두 한 주 더 나올 수 있도록 따뜻하게 허락해주었다.

돌이켜보면 나는 소위 '감성지능'이라고 하는 것의 거의 모두를 그 다운증후군 친구들로부터 배웠다. 오늘날까지 나는 그들을 감성지능의 전문가로, 나의 선생님으로 생각하고 있다.

⌃

스님들은 자신들의 시간을 전화 응답보다는 명상하면서 보내는 걸 좋아한다. 어떤 사람들은 스님들이 하루 종일 전화로 걸려오는 결혼, 정신 건강, 축복 문제 같은 일에 대해 응답하는 일 외에는 별로 하는 일 없이 지낸다고 생각한다. 나는 이것을 '전화—스님—서비스'라고 부른다. 그래서 우리 절에서는 전화 자동 응답 서비스를 시작했다.

"행운을 비는 축원 녹음을 들으시려면 1번을 누르세요."

"스님과 통화하기 원하시면, 미안합니다, 그럼 1번을 누르세요. 어쨌든."

이제 우리는 평온하게 명상할 수 있게 되었다.

몇 년 전에 나는 런던 도크랜즈의 권위 있는 인적자원회의에 기조 법문을 하러 호주에서 영국까지 날아갔다. 여비 전액을 지원받은 여행이라서 행사가 끝나고 나면 영국에 있는 가족들과 친구들을 내 돈 안 들이고 만나러 갈 수 있는 기회였다.

한 시간 동안의 법문을 하러 연단에 올라가기 십오 분쯤 전이었을 것이다. 행사 주최 측의 한 사람이 내게 말했다. 지금 두 사람이 컨벤션센터 입구에 와서 내 친척이라고 하며 무료입장을 요구하고 있다는 것이었다. 나는 그 매니저와 함께 알아보러 갔다. 틀림없는 내 동생과 조카딸이었다. 늘 하던 대로 매너 있게, 상냥하게 양해를 구하고서 나는 그 행사 매니저에게 무료로 입장시켜줄 수 없겠냐고 부탁했다.

내 차례가 끝나고 나서 동생과 조카딸에게 나를 당황하게 만든 것에 대해 야단을 쳤다.

"넌 은행 부장이잖아! 조카, 너도 좋은 직장에 다니잖아! 입장료를 내지 그랬어?"

그러자 그들이 한 시간 동안 내 법문만 듣는 비용이 한 사람당 450달러나 된다고 설명했다. 나는 내 가치가 얼마나 되는지 알게 되자 언짢았던 기분이 사라졌다. 나의 자존심은 한껏 부풀었다.

호주로 돌아와서 우리 절의 위원회에다 이번에 새롭게 알게 된 나의 법문 '시세'를 말해주었다. 그러자 그들은 나의 가치가 1인 한 시간당 450달러가 훨씬 넘는다고 외교적으로 답했다. 스님은 값이 없다. 위원회가 발의하고 찬성했으며 만장일치로 의결했다. 무슨 말이냐 하면 우리 위원회는 나의 어떤 법문이든 참석하는 누구에게나 여전히 돈을 안 받겠다고 결정했다는 이야기다. 그럼 당신은 얼마짜리인가? 나와 똑같이, 당신은 정해진 값이 없다.

돌아온 지 일주일 후에 기조법문 초청을 또 받았다. 이번에는 영국 버밍엄의 국립보건원 연례회의였다. 이번에도 주최 측에서 모든 비용을 댈 것이라고 했다. 나는 그런 장거리 여행을 너무 자주 하는 것은 건강에 좋지 않을 것 같다며 완곡히 거절했다. 그들이 국립보건원이었기에 나를 그런 식으로 참석시키는 건 위선이라고 생각한 까닭이었다.

한 호주 남자가 티베트의 라다크 서쪽 지역에 있는 히말라야산맥의 산기슭을 단체로 등반하고 있었다. 그는 경치가 정말 장관이어서 사진을 찍고 또 찍느라 일행을 놓치고 말았다. 지름길로 가서 일행을 따라잡아야겠다고 생각한 그는 불행하게도 길을 잘못 들어

다른 사람들의 시야에서 완전히 사라지게 되었고 급기야 길을 잃고 말았다.

지도도 없는 그로서는 황량한 산에서 여러 시간 헤매게 되자 당황할 수밖에 없었다. 해는 산봉우리 너머로 넘어갔고, 어둠이 깔리면서 춥고 위험했지만 어디로 가야 할지 전혀 알 수가 없었다. 그때 얼마 멀지 않은 곳에서 몇 개의 불빛이 빛나는 것이 눈에 들어왔다. 그는 그곳으로 향했다. 그곳은 산속에 외따로 떨어져 있는 오래된 불교사원이었다. 그 절의 친절한 주지 스님은 그의 사정을 듣고는 유일하게 유럽식 침대가 있는 스님의 방에서 그날 밤을 머물도록 해주었다. 자비로운 그 주지 스님은 다른 곳에서 자야만 했다. 주지 스님은 등반대가 간 곳을 알고 있었고, 다음 날 한 스님을 딸려보내 그를 함께 온 등반대에 합류시켜줄 생각이었다.

간단한 저녁식사를 마친 후 그 지친 호주인은 주지 스님의 안락한 침대에서 곯아떨어졌다. 그런데 자정이 막 지났을 때 그는 평생 들어본 것 중에 가장 경이로운 음악 소리가 들려 잠에서 깨어났다. 그는 시드니 오페라하우스에서 펼쳐진 음악회에도 많이 갔었지만 그렇게 부드럽고 감동적인 멜로디는 들어본 적이 없었고, 그런 환희 또한 느껴본 적이 없었다. 침대에 누워 천상의 소리에 흠뻑 젖어 있으려니 환희의 눈물이 그의 두 뺨을 타고 흘러내렸다. 언제인지는 모르겠지만 그 천상의 음악이 그를 그의 생애에서 가장 안락하고 깊은 잠에 빠지게 했다. 그는 여러 해 만에 처음으로 완전한 휴식을 취하고 기분 좋게 잠에서 깨어났다.

아침식사 후 그는 자신의 침대를 빌려준 것에 대한 감사의 인사를 하러 주지 스님을 찾아갔다. 주지 스님에게 어젯밤에 들은 음악에 대해 말하고 그게 무엇이었는지도 물어보았다.

주지 스님이 말문을 열었다.

"아, 그거요. 선생도 들으셨소?"

"네, 믿을 수 없었습니다. 그런 음악은 여태껏 들어본 적이 없어요."

"젊은 양반, 그건 말이지요, 초자연적인 겁니다. 선생이 스님이 아니라서 우리 승단의 계율 때문에 말씀드리지 못하겠군요."

호주 남자는 심각한 표정을 짓더니 지갑을 꺼내 100달러를 주지 스님에게 내밀었다. 그러자 주지 스님이 말했다.

"아닙니다, 아니에요."

호주 남자가 물었다.

"알겠습니다. 그럼 얼마죠?"

주지 스님은 단호하게 대답했다.

"설사 선생이 1억 달러를 낸다고 해도 말씀드릴 수 없어요. 스님들이라야만 알 수 있는 것이오!"

그 청년은 주지 스님을 뇌물로 구워삶을 수 없었고 그냥 떠나야만 했다. 그는 곧 일행에 합류했고 등반을 성공적으로 마무리하고 호주로 돌아왔다. 그런데 집으로 돌아와서도 그 초자연적인 음악에 대한 생각이 계속 머릿속에 남아 있었다. 그는 그 음악에 심하게 집착하기 시작했고 밤잠을 설치는 날이 많았으며 마음이 산란하여 일을 할 수 없게 되었다. 시드니의 최고 심리학자를 찾아가보기도 했지만 무슨 짓을 해도 머리에서 그 음악을 지워낼 수가 없었다. 말 그대로 미쳐가고 있었다. 그러다 보니 할 수 있는 일이 하나밖에 없었다.

그가 처음 방문했을 때로부터 거의 일 년쯤 지나 그는 라다크 사원의 대문 앞에 나타나서 주지 스님을 만나게 해달라고 청했다. 주지 스님은 그를 기억하고 있었다. 그는 그 음악이 어떤 음악인지 꼭 알아야겠다고 말했고, 그렇지 않으면 돌아버릴 거라고 했다. 주지 스님은 진심으로 자애롭게 말했다.

"미안합니다. 제가 지난번 말씀드린 대로 선생은 스님이 아니라서 말씀드릴 수 없어요."

호주 남자가 말했다.

"바로 그겁니다! 그러니 저를 스님으로 만들어주십시오."

엄격한 절에서는 스님이 되기 위해서 수련, 공부 그리고 필요한 불공을 모두 배우는 데 두 해가 걸린다. 그 호주 남자는 그 모든 엄격한 과정을 완수해냈고, 두 해 후 주지 스님이 직접 그를 스님으로 수계했다.

수계가 끝나자마자 호주 스님이 주지 스님에게 물었다.

"저도 이제 스님이 됐으니 말씀해주십시오. 그 천상의 음악은 무엇입니까?"

주지 스님은 미소를 지으면서 대답했다.

"자정에 내 방으로 오게. 내가 보여주지."

신출내기 스님은 잔뜩 흥분해서 주지 스님 방으로 한 시간이나 더 일찍 찾아갔다. 그는 이 순간을 위해서 삼 년을 기다렸고 모든 걸 희생했으며 심지어 스님이 되기까지 했던 것이었다.

주지 스님은 자정 직전에 그의 책상에서 오래된 열쇠 뭉치를 꺼내고는 숨겨진 나무 문을 보여주기 위해서 스님 방의 커튼을 열어젖혔다. 주지 스님은 나무 열쇠로 그 문을 열었다. 힘겹게 삐거덕거리며 열리는 소리로 보아 그 문은 여러 해 동안이나, 아니면 수백 년 동안 열린 적이 없었던 것 같았다. 안으로 들어서자 복도가 나타났고 그 끝에 철로 된 다른 문이 보였다. 그들이 걸어서 그 문에 다다랐을 때 사원의 오래된 시계가 자정을 알리는 종소리를 열두 번 울렸다.

주지 스님은 이번에는 쇠로 된 열쇠로 육중한 두 번째 문을 열었다. 그들이 걸어들어가자마자 그 천상의 음악이 시작됐다. 더 가까이 가면 갈수록, 점점 더 명료하고 달콤하게 들렸다. 환희의 파도가 호주 스님을 쓸고 지나갔다. 그의 생애에서 그 어느 것도 이런 환희와 견줄 수 없었다.

그들은 또 다른 문을 향해 나아갔다. 산에서 파낸 순은으로 만든 문이었다. 순은은 호주에서도 큰돈이 될 수 있었겠지만 언어를 넘어서는 그 아름다운 음악을 듣게 된다면 그런 생각은 하지 않게 된다. 그 은으로 된 문을 은 열쇠로 열고 나니 그는 틀림없이 마지막이 될 것 같은 문을 볼 수 있었다. 그 문은 15센티미터 두께의 순금으로 만들어져 있었고 가격을 매길 수 없는 보석들로 장식되어 있었다. 주지 스님은 황금 열쇠를 꺼내들고는 문 앞에서 잠시 멈춰섰다. 그러더니 호주 스님을 향해 돌아서서는 그의 온 정신을 집중하라고 요구하면서 엄숙하게 말했다.

"이것을 받아들일 준비가 된 게 확실한가? 이건 초자연적인 것이네. 자넬 영원히 바꿔놓을 거야. 그럴 각오가 돼 있나?"

호주 스님은 흥분이 되는 것과 동시에 덜컥 겁이 났다. 그는 이전에는 그렇게 중차대한 결정을 스스로 해본 적이 없었다. 그 황금 문 뒤에 있는 걸 보면 곧바로 미치게 될지도 모르겠지만 안 보면 서서히 미쳐가게 될 것이었다.

그래서 그가 말했다.

"좋습니다. 그렇게 하겠습니다."

주지 스님이 황금 열쇠를 자물쇠에 넣었다. 호주 스님의 몸은 자신도 모르게 공포에 떨고 있었다. 주지 스님은 오래된 그 무거운 문을 열었다.

그리고 그 물건은 거기에 있었다. 오, 부처님! 그건 보통 사람의 인지능력으로는 도저히 알 수 없는 것이었다. 이 세상을 넘어선 것이었다. 인간의 모든 인식능력을 초월한 것이었다.

그런데 그게 무엇이었을까?

당신은 스님이 아니기 때문에 계율상 말씀드릴 수 없어서 매우 미안하다.

3

시끄러운 원숭이 잠재우기

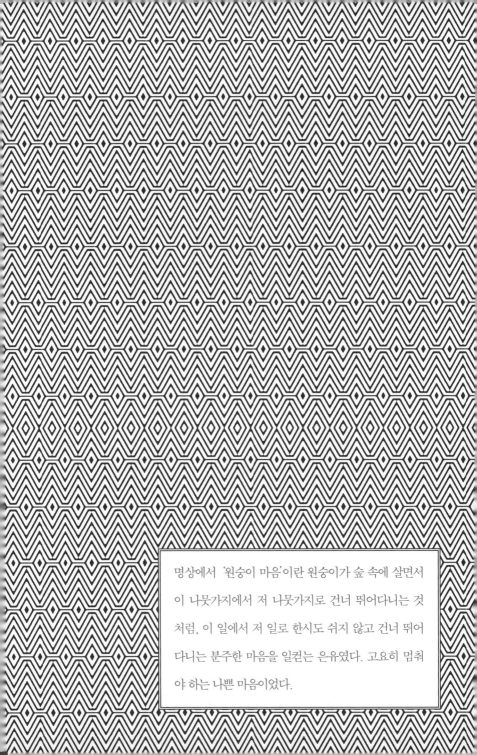

명상에서 '원숭이 마음'이란 원숭이가 숲 속에 살면서
이 나뭇가지에서 저 나뭇가지로 건너 뛰어다니는 것
처럼, 이 일에서 저 일로 한시도 쉬지 않고 건너 뛰어
다니는 분주한 마음을 일컫는 은유였다. 고요히 멈춰
야 하는 나쁜 마음이었다.

두려움은 일을 크게 만든다.

겁을 먹으면 쥐가 내는 소리도

호랑이가 다가오는 소리처럼 느껴진다.

두려움이 경미한 병을 악성 암처럼 보이게 만들고

발진이 페스트가 된다.

두려움은 만사를 실제보다

훨씬 더 크게 만든다.

한 스님이 절의 신도로부터 전화를 받았다.

"스님, 오늘 저희 집에 오셔서 불공 좀 드려주세요."

스님이 대답했다.

"죄송한데요, 바빠서 갈 수 없겠습니다."

그러자 신도가 물었다.

"무얼 하고 계신데요?"

스님이 대답했다.

"아무것도 안 하고 있습니다."

그리고 스님은 다시 말을 이었다.

"그게 스님들이 해야 할 일입니다."

"알겠습니다."

전화는 그렇게 끊어졌다.

다음 날, 그 신도는 다시 전화를 했다.

"스님, 오늘 저희 집에 오셔서 불공 좀 드려주세요."

"죄송한데요, 바빠서 갈 수 없겠습니다."

신도는 다시 물었다.

"무얼 하고 계신데요?"

스님이 대답했다.

"아무것도 안 하고 있습니다."

그러자 신도가 볼멘소리로 말했다.

"아니, 그건 어제 하시던 일 아닙니까?"

스님이 대답했다.

"맞습니다. 하지만 아직도 끝내지 못했습니다!"

ㅅ

북아메리카로 떠났던 법회여행을 마무리할 무렵, 누군가가 개똥에 대한 애기를 꺼냈다. 한 영리한 사업가가 있었는데, 그는 도시 아파트에 사는 사람들을 위하여 애완견을 조련하는 획기적인 사업을 진행하고 있었다. 강아지를 새로 집에 들여놓은 사람들이라면 누구나 공감하듯이 가장 골치 아픈 게 바로 강아지가 값비싼 카펫에 볼일을 보는 것이었다. 이 사업가는 의뢰를 받은 모든 개들이 바깥에서 용변을 보도록 훈련시키는 데 사흘이면 충분하다고 장담했다. 그는 긍정적 심리 강화 요법을 활용했다.

그와 직원들의 훈련목표는 의뢰받은 개를 데리고 거리나 작은 공원 혹은 나무 아래로 가서 그곳에서만 용변을 보게 하는 것이었다. 그들은 그곳에서 개가 똥을 누거나 오줌을 누기를 기다렸다. 그리고 마침내 개가 용변을 보면 그와 직원들은 기뻐 소리를 지르면서 허공에 주먹질을 하거나 지그재그 춤을 추고 환희의 노래를 부르며 펄쩍펄쩍 뛰었다. 심지어 조련사는 재주넘기를 하기도 했다. 조련사는 개가 용변을 보면 도를 넘게 칭찬하고 환호했던 것이다. 그 방법은 효과가 컸다. 훈련받는 개들은 자기가 누군가를 정말 행복하게 만든다는 걸 알아차렸다. 개들은 사흘 만에 밖에서만 용변을 보게 되었다. 긍정적 심리 강화 요법이 동물에게도 그렇게 효과가 있었던 것이다.

그러나 그 조련사는 나중에 곤경에 빠졌다고 한다. 고객들 가운데 여러 사람들이 훈련받은 개를 데리고 소파에 앉아 조용히 TV를 보았다고 한다. 특히, 미식축구를 보았다는 것이다. 그들이 응원하는 팀이 극적인 터치다운을 하고 점수를 올리게 되자 사람들은 환호하면서 소파에서 펄쩍 뛰고 허공에 주먹질을 하거나 지그재그 춤을 추며 환희의 노래를 불렀다는 것이다. 그러자 훈련받았던 개들이 무슨 짓을 했는지 한번 맞혀보시라.

사람이 살다 보면 개똥을 밟는 일이 생길 수도 있다. 그리고 어쩌면 머리 위로 개똥이 떨어지는 일이 벌어질 수도 있다. 지금 소개하는 이야기는 인간에게 전혀 예상하지 못한 일이 닥쳤을 때 슬기롭게 대처할 수 있도록 좋은 교훈을 남겨줄 것이라 믿는다.

한 정치가가 한가로이 숲 속을 거닐다가 아무도 사용하지 않는 우물에 빠졌다고 한다. 다행히 그 우물은 말라 있었고, 바닥에 부딪힌 그의 머리는 너무도 튼튼해서 아무런 이상이 없었다. 그러나 불행하게도 그 우물은 정치가의 혼자 힘으로는 도저히 빠져나올 수 없을 정도로 깊었다. 그는 살려달라고 소리쳤다. 보통 몇 시간 정도 소리를 지르고 나면 누구나 목이 쉬게 마련이었지만, 이 정치가는 정치에 이골이 난 인물이어서 세 시간 넘도록 고함을 지를 수 있었다. 그러던 중 한 농부가 시끄러운 소리를 듣고 나타났다. 그는 우물에 빠져 있는 정치가를 발견했다.

정치가가 말했다.

"살려주시오."

그 정치가를 알아본 농부는 대답했다.

"흥! 어림없지."

농부는 정치가들을 싫어했다. 특히 우물에 빠진 정치가처럼 거들먹거리는 인간들을 미워하고 있었다. 농부는 늘 위험했던 그 우물을 매워버리려다가 차일피일 미루던 차였다. 때문에 그는 삽을 들고 와 흙을 퍼서 우물 속으로 던져넣기 시작했다. 그 정치가를 묻어버리는 것과 동시에 우물도 매워버릴 작정이었다.

정치가는 그의 머리 위로 흙이 떨어지기 시작했다는 것을 의식했고 처음에는 별일 아니라고 여겼다. 그러다가 가만히 생각해보니 농부가 자신을 산 채로 묻어버릴 심산이라는 걸 알아차리고는 선거 유세 때에나 들을 수 있는 높은 소리로 떠들어댔다.

"당신의 세금을 낮춰줄 것을 약속하겠소. 농사보조금도 반드시 올려주겠소. 모든 소에 무상으로 건강보조금을 지급할 것을 맹세하겠소. 날 믿어주시오!"

농부는 '날 믿어주시오'라는 말을 듣는 순간 화가 치밀어 더 세차게 흙을 우물 속으로 퍼넣었다. 정치가는 더 필사적으로 외쳐댔다. 그러다 시간이 지나자 잠잠해졌다.

정치가를 우물 속에 묻어버렸다고 생각한 농부는 삽질의 속도를 늦췄다. 그러나 농부는 그때 이상한 장면이 눈에 들어왔다. 처음에는 우물 위로 머리카락이 살짝 드러났다. 농부가 삽으로 흙을 부지런히 우물 속에 퍼넣자 이번에는 윗머리가 더 드러났다. 농부가 우물 속으로 흙을 정신없이 퍼붓자 그 정치가의 웃는 얼굴이 불쑥 나타났다.

정치가는 머리 위로 흙이 쏟아지자 입을 다물고 가만히 있었다. 대신에 그 흙을 머리에서 털어내어 발밑에 다져놓았다. 농부의 증오심이 담긴 한 삽의 흙은 정치가의 발밑에 차곡차곡 깔렸고 덕분에 몇 센티미터씩 위로 올라설 수 있었다. 흙은 얼마 지나지 않아 정치가가 우물에서 충분히 뛰쳐나올 수 있는 높이까지 쌓였다. 결국 그 정치가는 보건안전부와 국세청 쪽 사람들을 보내어 농부의 각종 편리를 봐주었고, 그렇게 은혜를 갚았다.

이 이야기의 교훈은 간단하다. 세상이 당신 머리 위로 똥이나 흙을 퍼부으면 털어내서 발밑에 다지라는 것이다. 그렇게 하면 세상은 지금보다 더 높은 곳에 올라설 수 있게 만들어준다.

❀

다섯 손가락이 누가 제일 중요한지를 놓고 다투기 시작했다.

엄지손가락이 말했다.

"내가 제일 중요해. 내가 제일 힘이 세니까. 또 사람들이 무언가를 승낙할 때는 나를 쓰니까. 나는 'OK' 손가락이야!"

집게손가락이 말했다.

"말도 안 되는 소리! 내가 제일 중요해. 나는 지혜의 손가락이야. 왜냐하면 무언가를 가리킬 때 쓰이거든. 사람들이 '일등이야'라고 말할 때 나를 쓴다고."

가운뎃손가락이 콧방귀를 뀌었다.

"웃기는 소리 그만해! 내가 제일 크고 그래서 더 멀리까지 볼 수 있어. 나는 아주 세서 날 들어올리면 사람들이 아주 싫어한단 말이야. 또 부처님께서 깨우침의 길은 중도라고 하셨고, 나는 가운뎃손가락이잖아."

약손가락이 친절하게 말했다.

"미안하지만 다들 틀렸어. 내가 제일 중요해. 나는 사랑의 손가락이거든. 사람들이 사랑에 빠지고 약혼하게 되면 나한테 반지를 끼우잖아. 결혼식에서 서로를 맡길 때 또 한 번 나한테 반지를 끼운다고. 난 사랑의 손가락이고 사랑은 세상에서 제일 강한 힘이지. 그래서 내가 제일 중요한 손가락이야."

새끼손가락도 끼어들었다.

"잠깐만. 나는 크지도 않고 강하지도 않고 가끔 무시당하기도 하지만 나는 두 번째로 중요한 손가락이라고 생각해. 나는 사람들이 자동차에 묻은 왁스를 닦어내는 것 같은 구질구질한 일을 할 때 쓰기도 하지만, 사람들이 합장할 땐 언제나 내가 제일 부처님께 가까이 있잖아. 두 손을 모으고 빌어봐. 그럼 알 수 있어."

어느 사회에서나, 절에서나, 가족들 간에도 묵묵히 청소나 궂은 일을 하는 겸손한 사람들이 제일 중요하다. 왜냐하면 새끼손가락처럼 그 사람들이 부처님께 가장 가까이 가 있기 때문이다.

— ※ —

도시에서 떨어진 한적한 농장에 생쥐 다섯 마리와 암탉, 돼지, 젖소가 친구처럼 지내며 살고 있었다. 농가 집 안에서 살던 생쥐들은 농부가 닭튀김을 먹고 싶어 할 때는 닭에게 당장 숨으라고 했고, 농부가 돼지고기를 먹고 싶어 할 때는 돼지에게 병든 척하라고 귀띔했으며, 농부가 쇠고기구이를 먹고 싶어 할 때는 소에게 다른 밭으로 나가 있으라고 알려주었다. 닭과 돼지와 젖소는 그들의 다섯 친구들을 '생쥐 정보원'이라고 불렀다.

　어느 날 오후, 다섯 정보원들 중 하나가 벽 속 갈라진 틈으로 농부가 소포를 뜯는 걸 지켜보았다. 소포에는 쥐덫이 들어 있었고, 생쥐는 숨이 멎을 뻔했다. 그 생쥐가 다른 생쥐들에게 말했다.

　"안 돼! 우린 이제 다 죽게 생겼어!"

　"어떻게 하지?"

　생쥐 정보원들은 친구들에게 도움을 청하러 달려갔다.

　암탉이 말했다.

　"꼬꼬댁! 쪼그만 쥐덫이 나를 해치겠어?"

　돼지도 말했다.

"꽥! 난 지금 당장은 아주 바빠. 나중에 보자고. 어쨌든 쥐덫이 나한테 무슨 짓을 하겠어?"

젖소는 풀을 씹느라고 너무 바빠서 말할 수조차 없었다. 속이 타는 생쥐로부터 한참 동안 도움 요청을 받고서야 젖소가 말했다.

"알았어. 내 문제는 아니지만 생각해볼게."

그날 밤 늦게 야식거리를 찾아 헤매던 생쥐 한 마리가 그만 쥐덫을 밟아 잡히고 말았다. 그 생쥐는 하늘나라로 떠났다.

다른 생쥐 네 마리는 친구가 죽어가는 소리를 듣고 달려왔다. 농부의 부인도 무슨 소리인가 싶어 달려왔다. 농부의 부인은 덫에 걸려 죽은 쥐와 어깨동무하고 서로 잡아주며 슬피 우는 다른 생쥐 네 마리를 보고는 깜짝 놀라 비명을 지르다가 기절하고 말았다.

다음 날 아침까지 그녀는 충격에서 벗어나지 못한 채 침대에 누워 있었다. 농부는 부인을 낫게 하려면 어떻게 해야 할지 궁리했다. 농부의 머릿속에 좋은 생각이 떠올라 소리쳤다.

"치킨수프!"

농부는 닭을 잡아 털을 뽑고는 냄비에 소금과 마늘을 넣고 끓였다.

농부 부인이 아프다는 소식이 전해지자 그녀의 친구들이 병문안을 왔다. 농부는 손님들을 대접하기 위해 돼지를 잡아서 구이를 만들었다.

그러나 불행하게도 농부의 부인은 손잡고 슬피 우는 네 마리 생쥐들을 본 충격 때문에 회복하지 못하고 하늘나라로 떠나고 말았다. 많은 사람들이 장례식에 왔고 농부는 조문객들을 위해 쇠고기 로스구이를 대접했다. 쇠고기는 어디에서 얻었을까? 농부는 젖소를 잡을 수밖에 없었다.

조그만 쥐덫 하나가 암탉과 돼지 그리고 젖소를 죽게 만들었다. 이래도 어떤 문제 앞에서 그건 내 문제가 아니라고 주장할 텐가. 친구가 도움을 요청하면 그건 당신의 문제이기도 하다. 그게 친구가 해야 할 일이다. 우리는 상호연기적 공생의 관계이다.

＿ｏ

심리학자들의 실험에 의하면 누군가에게 칭찬을 해줄 때 상대방이 그것을 알아듣고 받아들이는 데 드는 시간이 평균 십오 초가 걸린다고 한다. 그러나 비판은 말하는 그 즉시 받아들인다는 것이다.

사람들은 칭찬을 받는 데 익숙하지 않아서 평소에는 이런저런 생각을 하면서 칭찬을 받아들이지 않는다.

"저 여자가 무슨 이유로 저러지?"

"취했나? 미쳤나?"

"맞아, 이러는 데는 무슨 꿍꿍이속이 있을 거야."

따라서 아내에게 근사한 사람이라고 칭찬하고 싶거나, 남편한테 얼마나 존경하는지 말하고 싶다면 스톱워치를 꺼내 시간을 재볼 필요가 있다. 십오 초 후에 상대가 진지하게 칭찬을 받아들이는지 아닌지.

∧

필요에 따라 남을 질책해야 할 때 자주 생기는 문제는 우리가 너무 서툴러서 상대를 불쾌하게 만들고, 우리 스스로도 기분 나빠지게 된다는 데 있다. 그래서 그 후로는 더 이상의 마찰을 피하게 된다. 그렇게 되면 핵심적인 근본문제는 점점 더 나빠지게 마련이다.

매니저가 남과의 충돌을 싫어하기 때문에 직원의 잘못에 대해 질책하는 것을 꺼리는 회사가 있다고 가정해보자. 결국 회사는 망할 것이다. 코치가 내분을 두려워하여 선수들의 실수를 지적하지 않는 팀이 있다고 상상해보자. 그 팀은 질 것이 뻔하다. 시의적절한 질책을 해주는 게 우리의 임무다. 그럼 어떻게 질책해야 하는지 고민해보자.

질책하고 싶은 사람이 있다면 먼저 칭찬부터 시작해야 한다. 후하지만 정직하게 칭찬할 필요가 있다. 칭찬의 목적은 당신을 존중하고 있고, 당신의 공로를 높이 사고 있으며, 당신을 비난만 하려는 게 아니라는 걸 알려주기 위해서다.

칭찬은 사람들의 귀를 열어주기도 한다. 남들이 지적해주는 말보다는 자기 자신의 생각에 더 귀 기울이기를 좋아하는 것이 사람이다. 따라서 남들이 우리의 문제점에 대해 지적하는 말은 귀담아듣지 않게 마련이다. 그래서 칭찬은 남들이 우리의 문제점에 대해 지적하는 것을 전부 들을 수 있게 만든다. 더구나 칭찬은 우리를 자기방어적인 내면의 세계로부터 유혹해내는 미끼로 활용할 수 있다. 누구나 칭찬을 좋아하고 우리의 귀는 칭찬을 많이 받을수록 더 넓게 열리기 때문이다.

칭찬이 끝나면 질책을 시작해야 한다. 물론 은유적일 필요가 있다. '그렇지만'으로 시작되는 질책은 상대의 열린 귀 속으로 들어갈 것이다.

마지막으로 우리는 한 인간으로서 당신을 거부하는 게 아니라는 것을 밝혀야 한다. 아울러 당신이 잘한 수많은 일 가운데 바로 지금 한두 개의 잘못을 지적했을 뿐이라고 강조하면서 다른 칭찬을 후하게 보태주면 된다.

그 결과는 질책받는 사람이 기분 나쁘지 않게 비판을 받아들이게 되고, 매니저는 불쾌한 뒷맛 없이 자기 할 일을 한 게 되니 문제점은 사라진 것이다.

샌드위치를 예로 들면, 첫 번째의 솜털 같은 칭찬은 맨 위의 빵조각이라고 할 수 있다. 속 내용물은 비판인 셈이다. 마지막의 칭찬은 바닥에 깔린 빵조각이다. 이름하여 '샌드위치 질책법'이다.

ㄱㄷ

고대 인도에 스승님 한 분이 인생에 대해 알아야 할 모든 것을 한 무리의 제자들에게 가르치고 있었다. 그 스승에게는 졸업을 앞둔 제자들 열두 명이 있었다. 그리고 스승에게는 제자들 모두가 흠모하는 딸이 하나 있었다.

어느 날 스승은 제자들에게 해결해야 할 두 가지 문제가 있다고 공표했다.

첫 번째 문제는 사윗감을 정해야 하는데, 당시의 전통에 따라 사위는 자신의 열두 제자 중의 한 명이라야 했다. 그런데 문제는 누가 최고 사윗감일지 결정할 수 없다는 점이었다.

두 번째 문제는 신부의 아버지로서 화려한 결혼식 비용을 부담해야 할뿐더러 신혼부부의 새집과 필요 집기를 모두 마련해주어야 한다는 것이었다. 그래서 문제는 엄청난 경비가 필요하다는 점이었다.

두 가지 문제점을 모두 풀기 위해서 스승은 제자들 간의 경합을 공표했다. 그는 제자들에게 말하기를, 깜깜한 밤중에 그 지역 마을에 은밀히 잠입하여 아무도 보지 않을 때 훔칠 수 있는 것은 무엇이든지 훔치라고 했다. 그러고 나서 훔친 것은 모두 자신에게 가져오라고 했다. 지시를 따라 최고의 물건을 훔친 제자는 딸을 얻게 되고 값나가는 장물은 모두 그 행복한 부부에게 주기로 했다.

제자들은 스승님이 도둑질을 하라고 독려하자 충격을 받았다. 스승은 언제나 대단한 도덕군자였다. 하지만 그때 역시도 스승에 대한 복종은 아주 엄중한 것이어서 제자들은 경합을 받아들일 수밖에 없었다. 물론 젊은 제자들 모두가 멋진 딸에게 홀딱 반한 까닭인지도 몰랐다.

이후 일주일 동안 영리한 제자들은 밤늦게 살금살금 마을로 들어가서 훔칠 수 있는 건 뭐든지 훔쳐 스승님께 갖다 바쳤다. 스승님은 어느 제자가 어느 집에서 무엇을 훔쳤는지 면밀히 기록해나갔다. 놀랍게도 아무도 잡히지 않았다.

스승님은 마지막 주에 결과를 발표하기 위해 제자들을 소집했다. 스승님은 말하기 시작했다.

"너희들 정말 많이 훔쳤구나. 누가 결혼을 하게 될지 모르겠지만 인생의 훌륭한 출발을 하기에 충분할 만큼이다. 그런데 너희들 중에 나에게 아무것도 가져오지 않은 자가 있더구나. 왜 훔치지 않았느냐?"

부끄러움을 타는 젊은 제자가 앞으로 나와서 말했다.

"스승님, 저는 지시하신 대로 따르느라고 그랬습니다."

"무슨 소리냐? 내가 물건을 훔치고 훔친 장물은 내게 가져오라고 하지 않았느냐?"

고개를 숙이고 있던 제자가 대답했다.

"네, 스승님. 하지만 아무도 저희들을 보지 않을 때에만 훔치라는 지시도 함께 내리셨습니다. 저는 모두들 곤히 자고 있는 새벽 두 시에 여러 집에 기어들어갔습니다만, 제가 훔치려는 그때마다 누가 절 보고 있는 걸 알았습니다. 그래서 빈손으로 나와야만 했습니다."

스승님이 물었다.

"집에 있는 사람들이 모두 자고 있었다면 누가 너를 보고 있었지?"

"제가 보고 있었습니다, 스승님. 도둑질하려는 저를 제가 보고 있었습니다. 그래서 저는 아무것도 훔치지 못했습니다. 스승님께서는 아무도 너희들을 보지 않을 때에만 훔치라고 말씀하셨습니다."

"그래! 그렇구나!"

스승님은 기뻐서 소리쳤다.

"여러 해 동안 내 말을 경청해온 지혜로운 제자를 최소한 하나는 건졌구나. 나머지 어리석은 너희들은 훔친 물건들을 모두 가져다가 주인들에게 돌려줘라. 그 사람들은 너희들을 혼내지 않을 것이다. 내가 이 주 전에 마을 사람들한테 이번 경합에 대해 미리 말해줘서 너희들이 올 줄 알고 있었을 것이다. 그래서 모두들 안 잡힌 거다.

그리고 명심해라, 살면서 어떤 부도덕한 짓을 하게 되든 누군가는 항상 너희들을 지켜보고 있다는 걸. 그 사람이 바로 너희들 자신이라는 걸. 너희들 자신이 보고 있기 때문에 언짢고 괴롭다는 걸."

물론 그 지혜로운 제자는 아리따운 딸에게 장가를 갔다. 스승님은 화려한 결혼식과 좋은 가구들을 갖춘 꿈의 주택을 선사하고도 남는 부자였던 것이다. 그 후 그 제자는 참으로 지혜로운 덕에 부인과 함께 오래오래 행복하게 잘 살았다.

❦

법회가 있는 어느 날, 원숭이 한 마리가 절을 찾아갔다. 원숭이는 수많은 신도들이 불공 음식을 가져올 테니 틀림없이 부주의하게 망고나 사과 한 개 정도는 떨어뜨릴 것이라 기대했다. 그걸로 점심을 때울 작정이었던 것이다.

법당 밖을 어슬렁거리던 원숭이는 노스님이 '원숭이 마음'에 대해 법문하는 걸 우연히 듣게 되었다. 원숭이도 법문이 자신과 관련된 것이라는 예감이 들어 귀담아들었다.

명상에서 '원숭이 마음'이란 원숭이가 숲 속에 살면서 이 나뭇가지에서 저 나뭇가지로 건너 뛰어다니는 것처럼, 이 일에서 저 일로 한시도 쉬지 않고 건너 뛰어다니는 분주한 마음을 일컫는 은유였다. 고요히 멈춰야 하는 나쁜 마음이었다.

'원숭이 마음'이 나쁜 마음을 일컫는다는 걸 알게 된 원숭이는 분노했다.

"원숭이 마음이 나쁘다니 무슨 소리야! 내가 원숭이고 원숭이 마음은 아무 문제가 없잖아. 인간들이 우리를 비하하고 있어. 이건 불공평해. 이건 틀렸다고. 이 중차대한 명예훼손에 대해 무슨 조치를 취해야만 해!"

그러고는 친구들에게 하소연하러 나무들 사이를 건너뛰면서 깊은 숲 속 집으로 돌아갔다. 원숭이 대가족이 모여 펄쩍펄쩍 뛰면서 꽥꽥거렸다.

"우리를 비하하다니 가만 내버려둘 수 없어! 이건 생물 종에 대한 차별이야! 감히 그런 망발을 하다니! 세계야생기구 변호사를 선임하자고. 우리 원숭이들도 권리가 있다니까!"

"그만해!"

무리의 대장이 말했다.

"모르겠어? 그 스님 말이 맞아. 그렇게 소란스럽게 펄쩍거리고 날뛰는 너희 자신들을 봐. 그게 다 원숭이 마음 때문이란 말이야. 잠시도 가만히 있질 못하잖아."

원숭이들은 대장의 말이 옳다는 걸 깨달았다. 그들 모두 어쩔 수 없는 원숭이 마음 때문에 아무래도 평온해질 수 없었다. 모두들 고

개를 숙이고 아무 말 없이 시무룩하게 생각에 잠겼다.

그 절을 찾아갔던 원숭이가 말했다.

"여러분! 나한테 좋은 생각이 있어. 그 스님이 명상을 하면 원숭이 마음이 극복되고 평온해진다고 법문하는 걸 들었거든."

원숭이들이 꽥꽥거리면서 다시 펄쩍펄쩍 뛰기 시작했다.

"오! 좋았어! 명상합시다. 마음을 조용하게 만들어봅시다."

한참 이리저리 뛰고 나서 한 원숭이가 물었다.

"근데 명상은 어떻게 하는 거지?"

다른 원숭이가 대답했다.

"제일 먼저 앉을 방석을 준비해야 돼."

"오! 좋았어! 방석을 준비하자고."

원숭이들은 한참을 더 소리 지르며 펄쩍거리고 난리를 치고 나서 숲 속으로 뛰어가 풀과 부드러운 나뭇잎을 잔뜩 모아 불자들의 명상용 방석인 좌복 모양을 만들었다.

"다음에는 뭘 해야 되지?"

절에 다녀온 원숭이가 다시 말했다.

"방석 위에 앉아서 오른발을 왼발 위에 놓고 다리를 꼰 다음, 양손의 엄지손가락을 가볍게 맞대고, 등은 반듯하게 펴되 눈을 감고 호흡을 관찰해."

원숭이가 명상을 시도한 것은 역사상 처음 있는 일이었다. 그 숲 속이 그렇게 조용했던 적은 한 번도 없었다. 하지만 불행하게도 오래가지는 못했다.

"잠깐만! 잠깐만!"

한 원숭이가 정적을 깨는 바람에 다른 원숭이들도 모두 눈을 떴다.

"내가 계속 생각해봤는데, 모두들 기억해? 오늘 점심거리 장만하러 바나나 농장을 습격하기로 했었잖아? 그 생각이 계속 나는 거야. 그러니 명상에 방해 안 되게 바나나 농장부터 습격하고 나서 명상하는 건 어때?"

"오! 좋았어! 좋은 생각이야."

다른 원숭이들이 소리를 지르면서 다시 펄쩍펄쩍 뛰기 시작했다. 그러고는 농장을 털러 달려갔다.

이윽고 원숭이들은 바나나를 잔뜩 훔쳐 한 무더기를 만들어 명상에 방해가 되지 않게 치워놓고는 명상 방석의 제자리로 돌아갔다. 오른발을 정성스럽게 왼발 위에 포개고 다리를 꼬고 앉은 다음, 허리를 반듯이 편 채 눈을 감고는 다시 명상에 임했다.

한 이 분 정도 지나고 나자 다른 원숭이가 손을 들고 말했다.

"잠깐만! 잠깐만! 나도 계속 생각해봤는데, 바나나를 먹기 전에 우선 껍질을 벗겨야 하잖아. 껍질부터 벗겨버리자고. 그러면 그 생각 안 하면서 명상할 수 있을 거야."

다른 원숭이들이 소리쳤다.

"오! 좋았어! 우리도 그렇게 생각하고 있었어."

그렇게 또 한번 원숭이들이 소란스럽게 펄쩍펄쩍 뛰면서 바나나 껍질을 모두 벗겼다. 껍질을 모두 벗겨서 한 무더기를 쌓아놓고는 모두들 방석 위로 돌아갔다. 다시 한 번 오른발을 정성스럽게 왼발 위에 포개고 다리를 꼬고 앉아 허리를 반듯이 편 채 눈을 감고는 호흡의 자연스러운 흐름을 관찰했다.

겨우 일 분 지나서 다른 원숭이가 또다시 소리쳤다.

"잠깐만! 잠깐만! 나도 계속 생각해봤는데, 바나나를 먹기 전에 입안에 갖다 놓아야 하잖아. 그 생각부터 안 나게 하자고. 그러면 평온하게 명상을 할 수 있을 거야."

"오! 좋았어! 정말 좋은 생각이야."

모두들 소란스럽게 펄쩍펄쩍 뛰면서 바나나를 입에 넣었다. 몇몇 녀석들은 한입에 두 개씩 넣었고 한 녀석은 세 개나 넣었다. 어떤 녀석들은 사람과 다를 바가 없었다. 하지만 녀석들은 바나나를 아직 삼키지는 않았다. 바나나를 입안에 물고만 있으면 바나나 생각이 나지 않고, 결국 바나나 생각에서 해방돼 명상을 하는 데 방해가 되지 않게 하기 위해서였다.

원숭이들은 다시 방석 위에 앉아서 오른발을 정성스럽게 왼발 위에 포개고 다리를 꼬고 앉은 다음, 허리를 반듯이 편 채 눈을 감고는 입안에 바나나를 머금고 명상을 시작했다.

물론 원숭이들은 눈을 감자마자 바나나를 모두 먹어치우고는 일어나서 뿔뿔이 흩어졌다. 이것이 원숭이들의 단 한 번뿐이었던 명상 수련회의 결말이었다.

이제 당신은 우리 인간들이 마음을 고요하게 멈춰 있기가 왜 어려운지 알 것이다. 우리는 거의 모두가 '원숭이 마음'을 가지고 있다. 핵심은 다음과 같다.

'이것부터 먼저 해치워버려야겠어. 그러면 잡생각이 안 나게 될 거야.'

이것이 바로 이전 책에서 언급했던 것처럼 이 시대 사람들이 '고요하게 멈춰 있는 것'을 볼 수 있는 곳은 무덤 속뿐이라고 강조한 이유다. 아, 물론 불교사원도 고요하게 멈춰 있는 곳이기는 하다.

–ᐟᐟ–

한 유명한 화가가 자신의 할리데이비슨을 타고 가다가 사고를 당했다. 그가 병원에서 깨어나자 외과의사는 그의 한쪽 손을 어쩔 수 없이 절단했다고 말했다. 그림 그리는 손을 잃은 그는 절망했다. 그는 세상에서 가장 좋아하는 일을 할 수 있는 재능을 상실한 것이었다. 그 일로 그는 살아갈 목적을 잃고 말았다.

병원에서 퇴원하자마자 그는 시내에 있는 한 고층빌딩으로 들어갔다. 엘리베이터를 타고 맨 꼭대기 층으로 올라간 그는 빈 사무실을 하나 발견하고는 돌출부로 기어올라갔다. 자살하기 위해서였다.

멀리 땅바닥을 내려다보던 그는 놀라운 광경을 목격했다. 양팔이 다 없는 사람이 보도 위에서 거리를 걸어가며 즐겁게 춤을 추고 있었다.

"세상에! 난 손 하나만 잃었는데 팔이 하나도 없는 친구도 있네. 그런데도 저 사람은 즐겁게 춤을 추고 있어. 나는 무엇 때문에 죽으려는 걸까?"

그는 마음가짐을 완전히 바꾸고 살기로 결심했다. 그는 양팔이 다 없으면서 어떻게 그렇게 행복할 수 있는지 그 팔 없는 사람의 비밀이 알고 싶어졌다. 그 사람에게 자신의 생명을 구해준 인사도 하고 싶었다.

그는 엘리베이터로 달려가 얼른 일 층까지 내려가서는 그 남자를 쫓아 거리를 뛰었다. 어렵지 않게 그 팔 없는 남자를 찾을 수 있었다.

"감사합니다! 감사합니다! 선생님, 감사합니다! 선생님께서 제 생명을 구해주셨습니다. 저는 화가인데 오토바이 사고로 그림 그리는 손을 잃었습니다. 너무 상심한 나머지 자살하려던 참이었습니다. 그러다 팔이 하나도 없는데도 즐겁게 춤추며 가시는 선생님을 보았습니다. 선생님, 제발 좀 그 비밀을 알려주세요."

팔 없는 사람이 대답했다.

"음, 사실은 말이죠, 화가 양반. 난 즐거워서 춤을 추고 있던 게 아니라오. 난 그저 엉덩이를 긁으려고 애쓰던 중이었다오. 팔 없는 사람이 가려운 엉덩이를 도대체 어떻게 긁을 수 있단 말이오? 그러나 살다 보니 팔이 없다는 생각은 잊어버리고 팔 없는 생활에 길들여져 살고 있다오."

———9

중국 고전 『손자병법』에는 중국 제국 군대에서 최고로 잘 훈육된 병사들을 거느리고 있던 장군에 대한 이야기가 있다. 황제가 장군을 불러 왜 병사들이 언제나 그의 명령에 복종하는지 설명하라고 했다. 장군은 말했다.

"폐하, 저는 병사들에게 그들이 하고 싶은 것을 하라고 말하기 때문에 항상 제 명령을 따르는 것입니다."

어떻게 했기에 병사가 그렇게 매일 아침 일찍 일어날 수 있을까? 어떻게 했기에 병사들이 호된 훈련을 기쁜 마음으로 이겨낼 수 있는 것일까? 어떻게 했기에 병사들이 다치거나 죽을 수도 있는 전쟁터에 가고 싶어 안달이 났을까?

그 답은 장군이 동기부여를 하는 데 정말 뛰어났기 때문에 장군이 명령도 내리기 전에 이미 그들은 할 일을 신뢰하고 있었다는 것이다. 그들은 일찍 일어나서 열심히 훈련받기를 원했다. 그들은 영웅심과 애국심을 고취시키는 이야기를 들어왔던 터라 전쟁터로 가고 싶어 했던 것이다. 그게 그들의 더할 나위 없는 훈육의 비밀이었다. 그들은 자신들에게 끊임없이 동기부여를 해주는 매력 있는 지도자를 가졌던 것이다.

이것이 바로 처벌이 훈육보다 효과를 제대로 보지 못하는 이유였다. 처벌은 사람들을 들키지 않을 정도로만 그럴듯하게 보이게 가르친다. 만약 당신의 아들이 남몰래 밤에 외출했다가 공부에 지장이 없도록 집으로 일찍 돌아왔다면, 처벌 대신 동기부여를 해주는 것이 제대로 된 훈육인 것이다.

ㅅ

한 지역 동물원에 이름이 엘리인 유순한 코끼리가 있었다. 그 코끼리는 아이들이 긴 몸통을 찔러도 개의치 않았고, 든든한 등에 아이들을 태워주기도 했다. 사실은 그런 관심을 좋아했다. 코끼리는 가끔 자기가 자라고 자유롭게 돌아다니던 깊은 숲이 그리웠지만, 먹을 게 없어 배고팠던 날들과 사냥꾼에게 살해당할 뻔했던 일들을 기억해내고는 도리질을 쳤다. 맛있고 풍부한 음식, 무료 건강관리,

대낮의 열기를 피할 수 있는 냉방 우리를 갖춘 동물원에서의 삶은 안락했다. 엘리는 행복한 코끼리였다.

그런데 언젠가부터 엘리가 이상해지기 시작했다. 몇몇 조그마한 초등학생이 좀 지나치게 성가시게 굴자 엘리는 아이들과 선생님에게 몸속의 물을 뿜어대 모두를 폭삭 젖게 만들었다. 또 한번은 사육사가 우리 안의 배설물을 치우자 사육사의 머리를 밀어 커다란 똥 더미에 처박히게 만들었다. 엘리는 고약해지고 있었다. 며칠이 지나서는 관람객에게 썩은 과일을 던지기도 하고 아이들을 근처에 얼씬도 하지 못하게 했다.

동물원 사육사들은 수의사를 불러들여 혹시 병 때문에 엘리가 고약해지고 있는 건 아닌지 알아보았다. 하지만 병에 대한 아무런 징후가 없었다. 그래서 사육사들은 코끼리 심리학자를 불러 암컷인 엘리가 혹시 갱년기에 들어섰는지 알아보았지만 사실이 아닌 걸로 밝혀졌다. 그러는 사이 엘리는 날이 갈수록 성미가 더 난폭해져만 갔다.

그러자 어떤 사육사가 정신적 위기, 즉 일종의 코끼리식 허무감 때문인지도 모르겠다고 말했다. 그래서 스님을 불러들였다.

덕망 있는 한 스님은 본인의 임무를 다 끝내고 밤늦은 시간에만 올 수 있었다. 그래서 스님은 어느 날 밤늦게 동물원의 문이 닫힌 후 엘리의 우리 바로 옆자리 어둠 속에서 홀로 명상을 하고 있었다.

밤 열한 시경 스님의 명상은 낮고 불길한 속삭임 소리와 사악한 웃음소리 때문에 흐트러져버렸다. 도깨비 소리인가? 흡혈귀 소리인가? 그 소리들은 엘리의 우리 바로 뒤에서 들려오고 있었다.

스님은 명상을 멈추고 일어나서 알아보러 다가갔다. 스님은 동물원 뒤편에 화원이 있다는 것을 알아차렸다. 엘리가 잠을 자는 곳 바로 뒤였던 화원 마당에서 수상한 남녀 몇이 비밀회동을 하고 있었다. 가까이 기어가자 스님은 그들이 마약 장사꾼들이고 불법으로 야간 밀거래를 하고 있다는 것을 알 수 있었다. 화원에서 파는 항아리는 꽃 항아리만이 아니었다. 그 마약 장사꾼들은 마약 빚을 갚지 않는 사람들을 잔인하게 처단할 방법도 의논하고 있었다. 엘리의 성질이 변한 이유가 분명하게 밝혀졌다.

다음 날 밤, 경찰이 그 마약 장사꾼들을 기다리고 있다가 모두 체포했다. 스님은 마약 장사꾼들이 있던 자리에 동료 스님들을 배치하여 명상도 하고 스님들이 베풀었던 선행이나 앞으로 베풀 친절하고 자비로운 일들, 그리고 그들을 배반했던 사람들을 어떻게 용서할 것인지에 대한 훈훈한 덕담을 이야기하도록 시켰다. 스님들은 온 세상에, 모든 존재들에게, 특히 코끼리들에게 사랑을 베푸는 게송을 부드럽게 불러주기도 했다.

엘리는 점점 친절해지고 유순해지기 시작했다. 며칠 후 엘리는 예전의 사랑스러운 자신으로 돌아와 개구쟁이들하고도 즐겁게 놀

아주고 있었다.

이 이야기는 오래전에 부처님께서 설법하신 것을 조금 고친 것이다. 이 이야기는 동물조차도 남들의 행동에 영향을 받는다는 걸 보여준다. 그러므로 배우자가 날이 갈수록 난폭해지거나 십 대 아들딸이 당신을 미치게 만들면 며칠 동안 절에 가둬놓는 것은 어떨까. 그들이 스님들처럼 부드럽고 친절해지거나 스님들이 그들처럼 난폭해지거나 둘 중 하나일 테니까.

ꗞꗞ

내 친구 한 명이 집에서 쉬고 있는데 이상한 소리가 들렸다.

"이봐! 이봐!"

주위를 돌아봤으나 아무도 없었다. 잠시 후 그 소리는 또 들렸다.

"이봐! 이봐!"

문은 잠겨 있었고 창문도 닫혀 있어서 그는 환청일 거라고 생각했다. 그러나 또다시 그 소리는 들려왔다.

"이봐! 이봐!"

이번에는 아주 크고 또렷해서 환청이라고 생각할 수 없었다. 그 목소리가 다시 말했다.

"이봐! 카지노에 가봐!"

주머니 사정에 초자연적인 도움을 받는 일은 매일 있는 일이 아니라서 친구는 옷을 차려입고 돈을 좀 챙긴 다음 카지노에 갔다.

그가 눈부시게 채색된 도박장으로 걸어들어가자 천상의 목소리가 다시 들려왔다.

"룰렛 테이블로 가게! 룰렛 테이블로 가게!"

친구는 룰렛 테이블로 갔다.

"6번에 100달러를 걸게! 6번에 100달러를 걸게!"

그래서 그는 6번에 100달러를 걸었다.

크루피어가 휠을 돌리고 구슬을 던져넣었다. 구슬이 6번에 내려앉았다.

"좋았어!"

천상의 목소리가 말하는 걸 들었다. 그 목소리는 다시 말했다.

"딴 돈을 몽땅 17번에 걸게! 딴 돈을 몽땅 17번에 걸게!"

친구는 모든 걸 17번에 걸었다.

크루피어가 휠을 돌리고, 구슬을 던져넣었고, 볼이 17번에 내려앉았다.

"좋았어! 좋았어!"

기뻐하는 영의 목소리를 들었다.

"몽땅 다 23번에 걸게! 몽땅 다 23번에 걸게!"

그래서 그는 10만 달러가 넘는 돈을 23번에 걸었다.

크루피어가 휠을 한 번 더 돌리고, 구슬을 던져넣었고, 구슬이 23번에 내려앉았다. 그런데 그다음에 튕겨나와서 24번에 가서 멈춰섰다. 내 친구는 모든 걸 잃었다. 그때 그 초자연적인 목소리가 또렷하게 말하는 걸 들었다.

"오, 안 돼! 미안해. 오, 안 돼!"

초자연적인 목소리도 실수를 한다. 그러니 그들을 믿지 마시라.

사람들은 그들이 천상의 목소리를 들었다거나, 교회나 절에서 기도를 했다거나, 돈을 따게 해주면 담배를 끊겠다고 약속한다거나 하면 그 시스템을 이길 수 있다는 바보 같은 생각을 해서 도박을 한다. 당신은 다른 어떤 사람과도 다르지 않다. 당신은 그 시스템을 이길 수 없다. 그 시스템은 당신을 늘 이긴다.

축구 팬이 중요한 시합을 집에서 TV로 보면서 "공을 패스해! 슛! 빨리!" 하며 소리를 지르는 것과 다르지 않다. 그들은 절규하고 소리를 지르면서 정말로 시합에 영향을 줄 수 있다고 생각한다. 이성적으로 생각해보면 당신은 TV에다 대고 소리를 지르고 있는 것이다. 선수들은 수백 킬로미터 밖에 있어서 당신들이 말하는 걸 들을 수 없다. 당신은 영향을 줄 수 없는 것이다. 그러니 자리에 앉으시고, 시합이나 보면서 입을 다무시라.

도박하는 사람이 슬롯머신에다 대고 "빨리! 빨리!" 하고 소리를 지르는 것과 똑같다. 슬롯머신은 귀가 없다. 당신의 기도를 들을 수 없다. 당신은 승산 없는 도박에서 돈을 딸 재주가 없다. 당신이 다른 사람들과는 다르다는 자만심을 버리거나 아무도 승산 없는 도박에서 돈을 딸 수 없다는 걸 이해한다면, 당신은 도박을 포기하게 될 것이다.

✿

왜 그런지 잘 모르지만 스님이나 여스님 들은 승산 없는 도박에서 돈을 딸 수 있을 것 같다는 생각이 들곤 하는데, 아마도 그들은 도박을 하지 못하도록 규정하고 있기 때문에 그런 것 같다.

잘 알려진 한 비구니 스님이 영국에서 명상 수련회 지도를 마치고 바로 런던 히드로 공항으로 가던 중에 점심을 먹으러 식당에 들렀다고 한다. 그들이 들른 식당은 영국식 선술집에 붙어 있어서 식당으로 들어가려면 술집을 거쳐서 가야 했다. 점심식사 후, 운전사는 쓰고 남은 영국 동전 몇 푼을 술집의 잭팟 머신에 넣어 써버려야겠다는 생각을 했다. 그때 비구니 스님이 지나가다가 별생각 없이 동전 2파운드를 집어넣었다. 그러자 운전사가 말했다.

"선업은 모두 받으십시오, 스님. 핸들을 당기세요."

잠시 마음을 가다듬고 나서 스님은 핸들을 당겼다. 바퀴들이 돌아가다가 하나씩 멈춰 섰다. 잭팟, 잭팟, 잭팟, 잭팟! 그 기계의 종이 크게 울리고 수천 파운드가 스님의 단출한 누더기 가사 위로 쏟아져내리면서 불이 번쩍거렸다.

선술집에 모여 있던 많은 손님들이 숙연해지면서 지켜보았다. 선술집 주인이 작은 종을 집어들고 울려대기 시작했다. 그러면서 주인은 놀란 스님에게 사정을 설명했다. 변함없는 오랜 전통에 따라 잭팟을 딴 사람은 누구를 막론하고 그 선술집에 있는 손님들 모두에게 술을 한 잔씩 사줘야 한다고.

그렇게 해서 부처님이 살아 계시던 때로부터 지금까지 이천오백 년 동안에 처음으로 비구니 스님이 수십 명의 술꾼들에게 위스키, 진토닉, 맥주를 사준 일이 벌어졌다.

내 자신의 도박 이야기도 있는데, 몇 년 전 한 제자가 친구의 가게에 와서 개업 축복을 해달라는 부탁을 해왔다. 어떤 가게인지 물어보지 않은 게 나의 불찰이었다.

그날 아침 일찍 예식을 하러 그 쇼핑몰에 도착해서야 한 가지 상품, 즉 복권만 파는 판매대라는 것을 알게 되었다. 너무 늦게 알게 되어 예식을 하지 않을 수도 없어서 나는 병원 개업을 축복해주는 것 같은 기쁜 마음으로 그 복권 판매대를 축복해주었다.

몇 년 뒤, 주간신문을 읽다가 그 복권 판매대에 대한 특집기사를 보았다. 제목이 '호주 최고 행운의 복권 판매대'였다. 그 가게가 어디 있느냐고 묻고 싶은가. 가르쳐줄 수 없다. 더 이상 복권가게에 대한 축복은 하고 싶지 않으니까.

–\\–

어느 날 저녁, 해가 저문 뒤 태국 북서부 자연 밀림 끝자락들 중 한 곳에서 홀로 명상을 하고 있었다. 날은 점점 어두워지고 마을은 4킬로미터나 떨어져 있었다. 나는 곧 평화로워졌다. 그러나 그 평화는 내가 밀림의 동물이 다가오는 소리를 들었을 때 깨져버렸다.

숲 속에는 호랑이나 곰 그리고 코끼리가 살고 있었다. 그 동물들은 모두 사람에게 치명상을 입힐 수 있었다. 심지어는 죽일 수도 있었다. 마을의 노인들은 내게 큰 동물들은 통상 스님들은 내버려 둔다고 했었다. 하지만 나는 마을사람들이 호랑이나 코끼리, 곰 들이 내버려두지 않은 스님들에 대해서는 알지 못한다는 걸 알았다. 죽은 자는 말이 없으니까.

나는 어둠 속에서 다가오고 있는 동물의 소리를 주의 깊게 들었다. 소리로 봐서는 틀림없이 작은 놈인 것 같아서 걱정을 접어두기로 했다. 그래서 다시 명상의 세계로 빠져들었다.

그런데 동물이 좀 더 가까이 다가오자 소리는 더 커졌다. 정신을 차리고 주의 깊게 들어보니 내가 그 녀석의 덩치를 과소평가했다는 걸 깨달았다. 중간 크기의 동물 소리로 들렸다. 사향고양이인지도 몰랐다. 그 정도라면 역시 걱정할 게 없었다. 때문에 다시 명상을 계속했다. 그런데 소리가 아주 커졌다. 땅바닥의 나뭇잎 바스락거리는 소리와 나뭇가지 부러지는 소리로 봐서 이건 아주 큰 놈이었는데, 그 놈이 곧바로 나를 향해 오고 있었다.

나는 겁이 나 눈을 뜨고는 손전등을 켜고 호랑이나 코끼리, 곰을 찾기 시작했다. 나는 내 생명을 지키기 위해 달아날 만발의 준비를 하고 있었다. 몇 초 후에 내 손전등 불빛을 통해 그 동물을 보았다. 그건 아주 조그마한 들쥐였다.

나는 그때 두려움이 일을 크게 만든다는 걸 배웠다. 겁을 먹으면 쥐가 내는 소리가 스님을 잡아먹는 호랑이가 다가오는 소리처럼 느껴진다. 두려움이 경미한 병을 악성 암처럼 보이게 만들고 발진이 페스트가 된다. 두려움은 만사를 실제보다 훨씬 더 크게 만든다.

남의 인생이나 죽음에 대해 함부로 결정을 내리는 것은 우리가 할 일이 아니다. 동물조차도 그렇다. 우리의 역할은 그저 반려동물에게 묻는 일이다. 사랑을 받는 자는 누구라도 질문을 받으면 그 답을 할 수 있다.

4

개한테 묻기

당신이 제일 사랑했던 사람을

잔인하게 고문하고 불법적으로 죽인 사람마저

용서할 수 있다면

무엇인들 용서하지 못하겠는가.

용서가 있을 때에만 비로소

진상과 사실도 밝혀질 수 있을 것이다.

2004년 12월 26일 인도네시아 수마트라 섬 인근 해저에서 시작된 쓰나미로 인해 이십만 명이 넘는 사람들이 목숨을 잃었는데, 그때 살아난 사람들의 놀라운 생존담들 중 하나가 스리랑카의 한 남자 이야기다.

그 남자는 물고기들한테 먹이를 주기 위해서 매일 아침 잘게 썬 빵을 들고 바다와 연결된 호수 가장자리로 나갔다. 그런데 어느 날 아침, 커다란 악어가 나타났다. 스리랑카 악어는 아주 위험했다. 사람을 잡아먹는 걸로 알려져 있기 때문이었다.

하지만 남자는 겁먹지 않고 악어에게 잘게 썬 빵 몇 조각을 던져 주었다. 악어는 빵조각을 날름 받아먹고는 헤엄쳐 사라졌다. 그날부터 악어는 매일 찾아와서 잘게 썬 빵으로 아침식사를 하고는 평화롭게 헤엄쳐 사라졌다.

쓰나미가 덮친 날 아침에도 그 남자는 물고기들에게 빵을 주고 있었다. 마침 그곳이 바닷가 근처여서 그 남자는 엄청난 해류에 쓸려 바다로 떠내려갔다. 처음에 그는 나무 의자를 붙들고 있었는데 쓰나미의 힘이 어찌나 셌던지 의자는 그의 손아귀에서 빠져나가버렸다. 그는 재빨리 다른 나뭇조각을 움켜잡았지만 그마저 놓치고 말았다. 거의 물에 빠져 죽게 됐을 무렵 그는 가까이에 떠 있는 통나무를 잡을 수 있었다. 그는 가까스로 통나무에 매달려 숨을 쉬었다.

정신이 돌아오자 그는 아주 이상한 상황이라는 걸 알아차렸다. 다른 모든 물체들은 해류에 쓸려 바다로 향해 가고 있었는데 그가 붙잡고 있는 통나무만 육지를 향해 움직이고 있었던 것이다. 그는 육지 가까운 곳에 다다르자 통나무에서 벗어났고, 둔덕을 기어올라 겨우 목숨을 건질 수 있었다. 그제야 그는 통나무에 꼬리가 매달려 있는 것을 목격했다. 통나무는 바로 남자가 매일 빵을 던져주던 그 악어였다.

빈정거리기 좋아하는 사람들은 악어가 아무 생각 없이 우연히 그를 구했을 뿐이고, 다음 날에도 빵을 더 얻어먹기 위해 그랬을 것이라고도 말한다. 하지만 지혜로운 사람들은 그 남자가 자애로운 마음으로 친절을 베풀었고, 그러한 행동에 대한 악어의 확실한 보답이라는 사실을 알아차릴 것이다.

사람들은 애완동물을 아주 좋아한다. 그래서 가장 힘든 결정을 내려야 할 때가 바로 수의사가 병든 애완동물을 안락사시켜야 한다고 했을 경우다.

그렇게 사랑하던 반려동물을 그냥 죽도록 내버려두는 것은 매정해 보이기도 하고 불자로서는 불심을 파계하는 것이기도 하다. 그렇다고 수의사가 반려동물의 고통을 끝내주자는 걸 막는 것도 잔인해 보일 수밖에 없다. 우리는 이러한 윤리적 딜레마를 어떻게 풀어야 할까? 의외로 간단하다. 그 동물한테 물어보면 된다.

주디라는 여성은 암에 걸린 개를 데리고 수의사를 만났다. 수의사는 고통받는 개에게 마지막 주사를 놓는 것 말고는 더 이상 할 수 있는 게 아무것도 없다고 말했다. 주디는 잠시 동안 사랑하는 개와 둘만의 시간을 가졌다. 그때 그녀는 그와 같은 결정을 내릴 때는 개한테 물어보라는 내 충고를 떠올렸다고 한다. 그녀는 팔에 안겨 있는 귀여운 개를 흔들면서 눈을 깊이 들여다보며 물었다.

"암 때문에 너무 고생이 많지? 지금 죽고 싶니? 아니면 좀 더 버텨볼래?"

애완동물과 오래 살아보고 사랑하는 사이가 되면 그 동물이 원하는 걸 자연스레 알게 되는 법이다. 주디는 개가 아직 죽고 싶어

하지 않는다는 걸 아주 강하게 느꼈다고 한다. 그래서 수의사에게 단호하게 말했다.

"안 돼요!"

수의사는 화가 단단히 나서 말했다.

"당신들 불교도들은 너무 잔인하고 멍청해!"

하지만 수의사는 어쩔 수 없었다. 주디는 개를 데리고 집으로 돌아갔다.

몇 달 뒤, 주디는 그 개를 데리고 수의사에게 검진을 받으러 갔다. 개는 혼자 힘으로 암을 이겼다. 가끔 사람의 몸에 있던 암도 갑자기 사라지곤 하는 것이다. 깜짝 놀란 수의사는 정말 개가 건강한지 철저하게 검사해보고 나서는 이렇게 말했다고 한다.

"당신들 불자들은 정말 자애롭고 지혜롭군요."

남의 인생이나 죽음에 대해 함부로 결정을 내리는 것은 우리가 할 일이 아니다. 동물조차도 그렇다. 우리의 역할은 그저 반려동물에게 묻는 일이다. 사랑을 받는 자는 누구라도 질문을 받으면 그 답을 할 수 있다. 그리고 우리는 그 메시지를 수의사에게 전달하면 되는 것이다. 그 메시지는 당신의 개나 고양이가 결정한다. 당신의 결정이 아니다. 그들은 분명히 알고 있다.

그날도 어김없이 주지 스님은 아침 일찍 잠에서 깨어났다. 그런데 법당 안에서 무엇인가 움직이는 소리가 들려왔다. 평소와는 전혀 다른 분위기였다. 그 시간에는 스님들이 아침 염불을 하거나 드르렁드르렁 코를 골며 자고 있어야 정상이었다. 때문에 주지 스님은 무슨 일인가 궁금하여 법당으로 향했다.

어둠 속에서 두건을 쓰고 있는 사람의 윤곽이 보였다. 도둑이었다. 주지 스님은 친절하게 말했다.

"이보게, 무엇을 원하시는가?"

도둑은 길고 날카로운 칼을 험악하게 휘두르면서 말했다.

"보시함 열쇠 내놔! 안 그러면 확 찔러버릴 테니까!"

주지 스님은 자신을 향하고 있는 흉기가 눈에 들어왔지만 두렵지 않았고 도둑에게 연민을 느낄 뿐이었다. 주지 스님은 열쇠를 던져주며 말했다.

"그러시게."

도둑이 보시함의 현찰을 챙기고 있을 때, 주지 스님은 도둑의 해진 옷과 야윈 얼굴을 눈여겨보았다. 도둑의 행색은 정말 말이 아니었다.

주지 스님은 진심으로 안쓰러워 물었다.

"이보게, 마지막으로 밥을 먹었던 게 언제인가?"

"당신이 알 바 아니니까 입 닥쳐!"

"보시함 옆 선반에 음식이 좀 있으니 드시게."

도둑은 자신을 염려해주는 주지 스님의 배려를 무시하면서 칼을 겨눈 채 보시함의 현찰과 선반의 음식을 주머니에 채웠다. 그러고는 외쳤다.

"경찰 부르면 그땐 어떻게 되는지 알지?"

주지 스님은 부드러운 말투로 대답했다.

"내가 왜 경찰을 부르겠는가. 그 보시물은 그대 같은 가난한 사람들을 위한 것이네. 그리고 난 그 음식을 그대에게 그냥 준 것이네. 그래서 그대는 훔친 게 아무것도 없네. 편한 마음으로 가시게."

다음 날, 주지 스님은 그 일을 도반 스님들과 재가 신도회에 알렸다. 모두들 주지 스님을 자랑스러워했다.

며칠 후, 주지 스님은 신문에서 그 도둑이 다른 집을 털다가 붙잡히고 말았다는 기사를 보게 되었다. 이후 그는 십 년 형을 선고받았다.

십 년 후의 어느 날. 주지 스님은 아침 일찍 깨어났다. 그런데 법당에서 부스럭거리는 사람 소리가 들려왔다. 무슨 일인지 궁금해한 스님은 자리에서 일어났다. 당신의 짐작이 맞았다. 주지 스님은 보시함 옆에 날카로운 칼을 들고 서 있는 늙은 도둑과 맞닥뜨렸다.

도둑이 소리쳤다.

"나를 기억하시오?"

"기억하고말고."

주지 스님은 주머니에서 무언가를 꺼내면서 다시 낮은 소리로 말했다.

"열쇠 여기 있네."

그러자 도둑은 칼을 내려놓으면서 부드럽게 말했다.

"스님, 열쇠 치우세요. 감방에 있는 동안 줄곧 스님을 생각했습니다. 스님은 제 평생 알고 지낸 사람 중에서 가장 친절했고 진정으로 저를 챙겨줬던 유일한 분이셨습니다. 그래요. 다시 도둑질을 하러 왔습니다만, 지난번에는 제가 뭔가 잘못 가져갔다는 걸 깨달았습니다. 이번에는 스님의 친절함과 내면의 평화를 가지러 왔습니다. 이게 바로 제가 가장 원했던 것입니다. 스님, 자비로 가는 열쇠를 넘겨주십시오. 절 제자로 받아주십시오."

그 도둑은 곧 스님이 되었고, 어두운 과거를 떨쳐버리면서 마음이 풍요로워졌다. 우러나는 친절과 마음속 평화 때문이었지, 결코 돈으로 마음이 풍성해진 게 아니었다. 우리에게 꼭 필요한 게 바로 이것이 아니겠는가. 세상에서 가장 훌륭한 도둑질!

내가 거주하던 지역의 한 교도소에서 교도관으로 일하는 사람으로부터 전화가 걸려왔다. 용건인즉 나에게 자신이 근무하는 교도소로 다시 법문을 하러 와달라는 것이었는데, 지극히 개인적인 부탁이라고 말했다. 나는 정기적으로 그 감옥을 방문해왔지만, 이전보다 맡은 일이 많아져서 이제는 아주 바쁘다고 대답했다. 대신에 다른 스님을 보내주겠다고 약속했다. 그러자 그가 말했다.

"다른 스님은 곤란합니다. 스님께서 직접 오셨으면 합니다."

의아해서 나는 물었다.

"왜 꼭 저라야 하죠?"

그러자 교도관이 설명을 하기 시작했다.

"저는 제 생의 거의 모든 시간을 감옥에서 보냈습니다. 그래서 그런지 저는 스님에게 아주 독특한 무언가가 있다는 것을 알게 되었습니다. 스님의 법문을 들었던 죄수들은 석방되고 나면 다시는 감옥으로 돌아오지 않았습니다. 제발, 다시 좀 와주세요."

그 말은 내가 들어본 칭찬 중에서 가장 값진 것이었다. 나중에 나는 곰곰이 생각에 잠겨야만 했다. 다른 사람들은 못하는 걸 내가 해서 교도소에 있던 사람들을 진실로 바꿔놓은 것인가. 오랜 생각 끝에 나는 그 이유를 알아냈다. 교도소에서 법문을 하던 여러 해

동안 나는 한 번도 범죄자를 보지 못했기 때문이었다.

나는 살인을 저지른 사람은 많이 보았지만, 살인자는 한 번도 보지 못했다. 나는 다른 사람의 물건을 훔친 사람은 많이 보았지만, 도둑은 한 번도 보지 못했다. 나는 끔찍한 성범죄를 저지른 사람은 보았지만, 성범죄자는 한 번도 보지 못했다. 나는 사람이 범죄보다 더 귀한 존재라는 것을 알고 있었다.

그들이 저질렀던 한두 가지, 혹은 서너 가지 행위로 인해 편견을 갖는 것은 온당치 못한 일이다. 그러한 편견은 그들이 했던 다른 행동이나 많은 고귀한 행위를 부정하는 것이기 때문이다. 나는 범죄자들이 했던 범행들을 알고는 있었다. 그래서 나는 범죄를 저지른 사람을 보았지 범죄자를 보지는 못했다. 그들은 자신들이 범죄를 저지를 당시의 범죄보다는 훨씬 더 귀한 존재였을 것이다.

내가 범죄를 보는 게 아니라 사람을 보았을 때 그들 역시 그들 자신의 다른 좋은 면을 볼 수 있었던 것은 아닐까. 그들은 범죄를 부인하지 않으면서 스스로를 존중하기 시작했다. 그들의 자기존중은 쑥쑥 자랐다. 그들이 감옥을 떠난 것은 선행을 하러 떠난 것이다.

—＼\—

호주 애들레이드대학에서 휴학 중인 한 여학생으로부터 전화를 받은 적이 있다. 그녀는 심한 공황장애에 시달리고 있었다. 증상이 심각해서 침대에 누워만 있었고 외출하는 걸 극도로 피했다. 대학 의사들과 심리치료사들도 그녀를 도울 수가 없었다. 때문에 우리 절의 정규 후원자인 그녀의 삼촌 권유로 나에게 전화를 걸어온 것이었다.

그 여학생은 침대에 누워 있은 지가 벌써 여러 주가 지났다고 내게 말했다. 그녀의 말로는 남자친구가 그녀를 위해 요리를 해줄 뿐만 아니라 청소와 온갖 잔심부름을 다 해줘서 그나마 견디고 있다는 것이었다. 그런 남자친구는 찾아보기 힘든 법이다.

내가 물었다.

"불안증이 나타나면 몸의 어느 부위에 이상 증세가 오나요?"

그녀는 어리둥절한지 내게 물었다.

"무슨 말씀이시죠?"

나는 천천히 설명했다.

"모든 감정은 우리의 몸에 상응하는 신체적 느낌이 나타나게 하죠. 그러니 어느 부위에 이상 증세가 느껴지나요?"

그녀는 대답했다.

"모르겠어요."

"그러면 그것을 알아낸 다음 나한테 설명할 수 있을 때 전화 주세요."

며칠 뒤, 그녀는 다시 전화를 걸어와 자신의 젖가슴 바로 아래의 배 중앙에 이상한 느낌이 온다고 했다.

"그 느낌을 자세히 말해보세요."

내가 요청하자 그녀는 대답했다.

"못하겠어요."

"그러면 그 느낌을 내게 자세히 말해줄 수 있을 때 전화해주세요."

삼사 일 뒤, 그녀는 다시 전화를 걸어와 불안 증세로 시달릴 때마다 일어나는 가슴의 느낌을 놀라울 정도로 상세하게 설명했다. 나는 격려의 말을 전했다.

"아주 좋습니다! 이제, 그 신체적으로 전해져오는 증세가 시작되는 걸 느낄 때마다 당신의 손을 가슴 위에 얹고 그 부분을 최대한 친절하게 오랫동안 마사지를 해주세요. 만일 증상이 나타날 때 당신이 그렇게 할 수 없으면 당신의 남자친구를 시켜서 그 부위를 마사지하도록 하세요. 그게 남자친구가 할 일이에요. 그리고 며칠 뒤에 내게 전화하세요."

다시 그 여학생으로부터 전화가 오자 자신의 배를 사랑스럽게 마사지했을 때 신체적으로 어떤 변화가 있었는지 물었다.

"그 이상한 신체적 느낌이 사라졌습니다."

나는 계속 물었다.

"그럼 불안한 감정은 어떻게 됐나요?"

그 여학생은 잠시 말을 멈추고 침묵을 지켰다. 그 순간 그녀의 '전등불'이 환하게 켜졌다. 그녀는 소리쳤다.

"그것도 같이 사라졌어요!"

그 여학생은 자신의 불안 증세를 초월하는 방법을 터득하게 된 것이다. 그녀에게 불안 증세에 상응하는 신체 부위를 먼저 찾아내도록 하고 나에게 구체적으로 설명하도록 한 것은 그녀 스스로 불안한 느낌을 마음속에서 다스릴 수 있는 적절한 방법이 됐던 것이다. 한번 신체 부위로 전해지는 느낌에 대해 알게 되면 자비심으로 그 느낌을 푸는 것은 간단한 일이다. 아울러 그 상태에서 불안한 감정을 녹이는 셈도 된다. 나는 그 여학생이 스스로 이 치료법을 행하게 함으로써 자신감을 회복시킨 것이었다.

흔히 우리가 알아차리지 못하고 있지만 모든 감정은 그에 상응하는 육체적 느낌을 전해온다. 감정적인 문제들을 정신적 차원에서 다루는 것은 너무 혼란스러운 일이다. 그래서 우리는 신체 상응 부위를 다루는 것이다. 한번 그 신체 부위의 이상 증세가 사라지면 그에 상응하는 감정적 원인이 사라지는 것이다.

그 여학생은 휴학한 지 얼마 안 되어 학교로 복학했다. 그녀는 총명한 여자였고, 열심히 공부하여 대학을 수석으로 졸업했다. 그녀는 나에게 크게 감동을 받았는지 '올해의 호주인'으로 나를 추천했다. 나는 수상하지 못했지만 그 마음이 고마웠다. 2009년 12월, 그 여학생이 고집을 부려 나는 그녀의 결혼식에 참석하여 축사를 했다. 신랑은 그녀가 침대에 누워 고생할 때 돌봐주었던 바로 그 남자친구였다.

_9

우리 부모님은 가난했고 '공영 아파트'라고 불리는 정부에서 보조하는 아파트에서 살았다. 우리는 도둑 걱정은 하지 않고 살았다. 솔직히 도둑이 들어와서 우리 식구들을 불쌍하게 여겨 무엇인가를 좀 놓아두고 가길 바라면서 대문을 잠그지도 않고 살 정도였다.

어릴 때 나는 친구들과 함께 많은 시간을 거리에서 축구 시합을 하며 지냈다. 어느 날, 나는 친구에게 최악의 태클을 당했고, 그게 돌이었는지 아스팔트였는지 기억은 나지 않지만 길바닥에 무릎을 찧고 말았다. 피가 흘렀고 너무도 아파 나는 울면서 어머니한테 달려갔다. 어머니는 그저 무릎을 꿇고 앉아 "얼른 나아라." 하면서 상처를 입으로 핥아주었다. 그렇게 해주면 언제나 통증이 금방 사라져버렸다. 그런 다음 바로 상처에 반창고를 붙여주면 나는 곧바로 뛰쳐나가 축구공을 걷어찼다.

세균이 가득한 입으로 벌어진 상처를 건드리는 게 얼마나 비위생적인 것인지를 나중에 알고 놀라긴 했지만, 한 번도 상처가 덧난

적은 없었다. 그뿐만 아니라 어머니가 그렇게 상처를 핥아주면 통증은 곧바로 사라졌다.

나는 이러한 경험을 통해서 치료 효과가 매우 높은 '어머니표 사랑의 치료방식'을 배울 수 있었다.

人

어느 날 늦은 오후, 한 신도가 경찰과의 면담을 마치고 나를 만나러 오는 길이라고 전화를 해왔다. 그날 아침, 신도의 부모 중 한 사람이 지독한 악몽을 꾸다 소리쳐 깨어나는 바람에 모두들 놀라 일어났다고 말했다. 그리고 그 부모는 결국 열일곱 살 난 아들이 목을 매고 죽어 있는 것을 발견하고 말았다.

젊은이들의 자살은 대부분 예측이 불가능하다. 그 소년은 친구도 많았고 우울증 증세도 전혀 보이지 않았다고 했다. 학교에서는 행복해 보였으며 대학 입학시험을 앞두고 있었다. 아주 좋은 성적을 올릴 걸로 기대가 됐었다고 했다. 그 소년은 그런 짓을 할 만한 어떠한 징후도 보이지 않았다는 것이었다.

소년의 부모는 자살을 막지 못한 자책감으로 계속 괴로워했다. 다행하게도 불교는 개인적인 잘못을 과장하거나, 그 잘못으로 인해 우리를 잡아먹는 아귀 같은 죄의식에 빠지도록 그냥 내버려두지 않는다. 나는 그 부모에게 당신들은 아무것도 잘못한 게 없다고 안심시켰다. 그런 자살은 아주 자상하고 근면한 부모들에게도 가끔 일어나는 수가 있기 때문이었다. 그의 부모는 내 말을 받아들였다.

이후에 소년의 부모는 자살로 생을 마감하면 그 대가로 무서운 일이 아들한테 일어날 것이라며 큰 걱정을 하기 시작했다. 그들 부모는 불자로서 윤회를 믿고 있었다. 그들도 자살한 사람은 지옥에서 다시 태어나게 된다고 들었을 터였다.

아들의 자살을 목격한 것도 너무나 큰 충격인데 나중에 아들이 정말로 무시무시한 고통을 받게 될 것이라고 상상하는 건 고문에 고문을 더하는 격이었다. 사후의 삶을 믿든 안 믿든 막 세상을 떠난 사랑했던 사람이 훨씬 더 행복한 곳으로 갔다는 말을 듣고 싶은 게 인지상정이었다. 사랑했던 사람이 지금보다 훨씬 더 나쁜 곳에 가 있다고 믿게 되면 그야말로 사는 게 지옥일 것이다.

나는 그들의 아들이 곧 대학 입학시험을 치를 예정이었다는 사실을 알고 물었다. 아들이 몇 과목을 시험 봐야 하고 과목마다 몇 장의 시험지를 받아야 했는지를. 부모는 이 시점에서 내가 왜 그런 질문을 하는지 어리둥절해했다. 나를 신뢰할 수밖에 없었던 그들이 대답했다. 네 과목에 두 장씩의 시험지를 받게 돼 있었다고. 나는 각 시험지마다 평균 몇 문제씩이냐고 물었다. 시험지 장당 여덟 문제 정도라고 답했다.

"그럼 호주 대학에 들어가는데 총 64개의 문제를 받는 거네요. 한 학생이 63개의 문제는 완벽한 정답으로 풀어냈지만 마지막 문제를 완전히 망쳤다면 어떻게 될까요? 대학에 합격할까요?"

소년의 부모는 미소를 지으며 대답했다.

"네, 물론이죠."

소년의 부모는 나의 비유를 이해하고 있었다. 마지막 한 문제를 틀렸다고 해서 대학시험에서 떨어지는 것이 아닌 것처럼 아들이 자살했다는 것만으로 행복한 곳에 다시 태어나지 못한다는 건 어불성설이었다. 그들 부부의 아들은 아주 친절하고 좋은 아이였다. 그는 인생의 시험들에 아주 많은 훌륭한 답을 했었기 때문에 반드시 행복하게 다시 태어날 것이다.

내가 호주 서부의 퍼스에서 수행승으로 살기 시작한 것은 1983년부터다. 그동안 나는 많은 젊은이들로부터 일종의 명예할아버지로 대접받으면서 지역 불자 가족들의 신뢰와 존경을 받아왔다. 그 젊은이들은 우리 절에 다니면서 자랐고, 부모들에게는 절대로 말하지 않았던 비밀들을 내게 털어놓으면서 지내왔다.

그중의 한 젊은 의사가 괴로움을 안고 나를 만나러 왔다. 당시 퍼스에 위치한 규모가 큰 병원에서 인턴으로 일한 지 얼마 되지 않은 젊은이였다. 나를 찾아오기 전날, 그는 애석하게도 병원에서 맡게 된 첫 환자를 잃고 말았다. 세상을 떠난 환자는 젊은 여성이었다. 그는 깊은 슬픔에 잠긴 남편에게 젊은 아내가 죽었다는 것과 두 꼬마들이 이제 엄마 없는 아이들이 됐다는 것을 통보해야만 했다. 그 신출내기 의사는 너무 심한 죄책감에 빠져 그 젊은 가족에게 차마 말을 꺼내지 못했다.

물론 그가 비난받아야 할 일은 아니었다. 그는 환자를 위해서 의학적으로 할 수 있는 일은 모두 다 했다. 그가 실패했다고 느끼는 이유는 다른 것 때문인 걸로 보였는데 그 점에 대해 나는 느낀 점을 말해주었다.

"자네가 만약 의사의 임무는 환자의 병을 고치는 것이라고 믿는다면 이번 같은 실패로 인해서 앞으로도 많은 고통을 받게 될 걸세. 의사 생활을 하다 보면 환자들이 죽는 일은 종종 있을 테니까. 하지만 자네의 임무가 환자를 돌보는 것이라는 걸 인정한다면 절대로 실패할 일은 없을 거야. 환자의 병을 고칠 수 없는 경우가 있더라도 자네는 언제나 그들을 돌볼 수 있게 될 거라는 얘기지."

그는 총명한 젊은이여서 내 말을 바로 이해했고 곧 훨씬 좋은 의사가 됐다. 그의 주요 목표는 환자들을 돌보는 것이 되었다. 만일 그의 환자가 깨끗이 나으면 그것은 훌륭한 일이고, 환자가 세상을 떠난다면 그들은 따듯한 돌봄 속에 떠나게 되는 셈이었다.

의사들이 살 가망이 없는 환자를 기필코 살리기 위해 소름 끼칠 정도로 많은 의술을 동원하는 것은 오히려 환자를 괴롭히는 일일 뿐이다. 그것은 우리 사회가 환자에 대한 돌봄보다는 치료를 더 높이 평가하기 때문에 벌어진다. 이제 우리 사회가 치료보다 돌봄을 강조한다면 많은 사람들의 마지막 순간이 더 안락하고 편안해질 것이다. 뿐만 아니라 더 많은 환자들이 치유될 것이라는 게 내 생각이다.

❦

한 젊고 행복한 거미가 어느 조용한 방에서 자신의 첫 번째 집을 짓기에 가장 알맞은 구석 모퉁이를 발견했다. 거미는 기쁜 마음으로 실을 뽑아서 『거미 세계의 집과 정원』이라는 잡지에 실리고도 남을 만큼 아름다운 거미집을 만들었다. 젊은 거미는 거친 숨을 몰아쉬며 자랑스러울 정도로 아름다운 집의 한가운데에 앉아 점심식사 거리가 걸리기를 기다리고 있었다.

나이가 지긋한 한 아주머니가 방에 들어오더니 거미를 보고는 큰소리로 비명을 질렀다. 어느새 그녀의 남편이 나타나 거미의 첫 번째 집을 한꺼번에 치워버렸다. 그 거미는 운 좋게 도망쳐 살아남았다.

거미는 기죽지 않고 다른 곳으로 기어가서 두 번째 집을 지었다. 이번에는 첫 번째 집만큼 아름답지는 않았지만 꽤 곱게 지어졌다. 그런데 거미의 첫 번째 먹잇감이 공중에 걸리기도 전에 하녀가 나타나 거미집을 빗자루로 한 방에 걷어버렸다. 그 불쌍한 거미는 이번에도 달아나 살아남았다.

똑같은 일이 다음 집에서 또 일어났다. 그다음 집에서도, 또 그다음다음 집에서도 일어났다. 여섯 번째 집이 무참히 짓밟히고 나자 거미는 꼼짝없이 공황장애 증세로 고통 받기 시작했다. 거미는 집 안 모서리에 대한 피해망상에 시달리게 되었고, 너무 무서워 더 이상 거미집을 지을 수가 없었다.

거미는 지치고 굶주린 채 길을 따라 기어가다가 비관적인 생각에 사로잡혔다.

'아무도 나를 좋아하지 않아. 내가 바라는 건 고작 어딘가에 붙어 있는 조용한 집 한 채뿐이었다고. 나는 아무도 해칠 생각이 없었어. 그저 사람들을 위해서 파리하고 벌레들을 모두 잡을 생각이었어. 사람들은 어쨌든 원치 않는 것들이잖아. 거미의 삶은 너무 불공평해. 너무 배고프고 피곤하고 또 나 혼자뿐이야.'

거미는 울기 시작했다. 이윽고 거미의 우울한 마음은 자살을 해야겠다는 생각으로 바뀌었다.

'결국 아무도 나를 사랑하지 않아. 더 살 이유가 뭐야? 나는 아무

리 애를 써도 집도 음식도 가질 수 없잖아. 차라리 바로 여기서 죽어버리는 게 낫겠어.'

자살을 결심한 거미는 지나가는 사람들의 발밑으로 기어갔다. 그러나 구두 굽이나 발바닥에 밟히지 못하고 그 사이의 안전한 공간에만 끼일 뿐이었다. 그래서 거미는 분주한 차도를 가로질러 갔다. 하지만 차바퀴 사이만 지나갔을 뿐 바퀴에 깔리지도 못했다. 사람도 우울하게 되면 무엇 하나 제대로 할 수 없게 된다. 자살마저도 그렇다.

거미는 자살하는 것마저 포기했다. 거미는 어디로 갈지 모르는 술 취한 사람처럼 훌쩍거리면서 비틀비틀 길을 따라 기어갔다. 그런데 거미는 곧 누군가 자신을 지켜보고 있다는 걸 알아차렸다. 거미가 얼른 돌아보니 덩치가 크고 살이 찐 거미가 자신을 바라보며 친절한 미소를 짓고 있었다. 행복해 보이는 살찐 거미가 물었다.

"왜 울고 있니?"

거미는 수건으로 코를 훔치면서 자신의 짧지만 슬픈 삶에 대해 이야기를 들려주었다. 거미는 자신의 슬픈 애기를 마치고 나자 그 자리에서 바로 모든 거미가 다 야위고 우울하지는 않다는 걸 알아차렸다. 이야기를 듣고 있는 거미는 살찌고 행복해 보이지 않는가. 슬픈 거미는 물었다.

"얘! 넌 어쩌면 그렇게 통통하고 행복해 보이니? 너는 거미집을 지으면 사람들이 네 집을 없애버리지 않니?"

"아니."

살찐 거미가 대답했다.

"난 여태까지 살면서 거미집을 딱 한 개만 지었는데 그게 아직까지도 그대로 있어. 그리고 난 매일 많은 먹이를 잡아."

살찌고 행복한 거미는 자애로운 표정을 지으며 말을 계속 이었다.

"먹이가 얼마나 많은가 하면 우리 둘 다 먹고도 남을 만큼 있어. 나와 함께 사는 건 어때?"

"잠깐만. 나는 이해가 안 돼. 도대체 그렇게 오랫동안 아무런 방해도 받지 않는 집을 어떻게 지을 수 있었던 거야?"

살찐 거미가 의미심장한 미소를 지으며 대답했다.

"아 그거? 나는 집을 아잔 브라흐마 사원의 불전함 안에다 지었어. 거기선 아무도 날 방해한 적이 없어."

추신. 두 마리의 거미는 지금 건강하게 살도 쪘고 행복하게 잘 살고 있다. 그 거미들은 나에게 불전함 속에는 당신들이 불전을 넣을 공간이 얼마든지 있다고 말하곤 한다. 믿거나 말거나지만.

— ＼＼ —

살인죄를 심판하는 재판에서 판사가 피고에게 말했다.

"위증죄 형벌이 얼마나 무거운지 모른단 말이오?"

피고가 대답했다.

"압니다. 하지만 그게 살인죄 형벌보단 훨씬 더 가볍습니다!"

이 이야기는 왜 사람들이 그토록 많은 거짓말을 하는지 잘 보여준다. 당신이 진상을 털어놓을 때보다 거짓말할 때 벌이 훨씬 더 가볍기 때문이다.

한 예로 몇 년 전 남자친구 때문에 임신을 한 젊은 여성이 날 찾아왔다.

"부모님께 말씀드리는 게 어때요?"

젊은 여성은 대답했다.

"스님, 지금 농담하세요? 절 죽이려고 하실 거예요!"

그래서 그녀는 거짓말을 꾸며댔다.

만약에 정직의 가치가 아주 높이 존중받는 사회라면, 사실을 말할 때의 형벌이 거짓말을 했을 때의 벌보다 언제나 더 가볍다면 훨씬 더 행복하고 건강한 세상이 될 것이다. 이런 세상을 만들 수 있는 유일한 길은 그 일이 어떤 것이든 간에 사실을 고백하는 한 사면해주어야 한다는 것이다.

그렇게만 된다면 절대로 처벌받거나 꾸중조차 듣지 않고 도움을 받게 된다는 걸 아는 아들딸이 아주 곤란한 일들까지도 부모에게 말할 수 있을 것이다. 아이들이 깊은 고민에 빠져 있을 때, 이때가 그 어느 순간보다 더 부모를 필요로 하는 시간이다. 아이들은 통상 너무 겁먹어서 진상을 털어놓고 도움을 요청하지 못한다. 마찬가지로, 결혼한 커플들도 부부간의 문제는 어떤 것이든 간에 숨기는 대신 함께 풀어나가면 서로에게 완전히 정직해질 수 있다.

이 책을 읽는 모든 부모님들께 말씀드린다. 댁의 아이들에게 제발 말해주시라. 너희들이 저지른 일이 무엇이든 부모에게 사실을 말하면 절대로 벌받거나 꾸중 듣지 않을 뿐 아니라 도움과 이해를 받게 될 거라고 말이다.

모든 커플들께 말씀드린다. 두 사람의 관계에서 정직을 다른 무엇보다도 더 귀중하게 여기겠노라고 서로에게 약속하시라. 그러면 불성실한 행위마저도 절대로 벌받는 일이 없게 될 뿐만 아니라 서로의 약점들이 용서받게 되며, 상대가 함께 해결하기를 바라는 부탁을 해오게 되어 과오를 되풀이하지 않게 될 것이다.

약속을 했으면 약속을 지키시라. 처벌하거나 꾸중하면 사실은 숨어버린다. 그래서 불교에는 처벌이 없다.

남아프리카공화국에서 인종차별이 심하던 시절, 그 시대 상황이 넬슨 만델라와 투투 주교 같은 소신 있고 지혜로운 지도자들로 하여금 진실화해위원회를 세울 수 있게 만들었다. 그들은 그 잔혹한 시절에 일어났던 일들의 진상을 밝혀내는 게 처벌보다 더 중요하다는 걸 알고 있었다.

진실화해위원회의 한 사건이 나를 감동시킨 적이 있다. 한 백인 경찰관이 어느 흑인 정치운동가를 어떻게 고문하고 죽였는지 상세하게 고백했다. 우연하게도 경찰관의 증언은 고문당했던 정치가의 부인 앞에서 진행되었다.

그녀의 남편은 수많은 실종자들 중 한 명이었다. 그 부인은 처음으로 수많은 남자 중에서 그녀가 선택했고 그녀 아이들의 아버지였던 남편에게 무슨 일이 일어났었는지를 들을 수 있었다.

그 경찰관은 떨고 있었고 그가 저질렀던 극악한 만행을 털어놓으면서 북받치는 죄책감 때문에 울고 있었다. 경찰관의 고백이 끝나자 그 미망인은 증인 보호 방책을 뛰어넘어 남편을 죽인 경찰에게 바로 달려갔다. 경비원들은 너무 놀라 그녀를 제지할 타이밍을 놓쳐버렸다.

경찰관은 그 미망인이 난폭하게 복수할 걸로 예상했지만 그녀는 아무런 공격도 하지 않았다. 대신에 그녀의 검은 큰 팔로 남편의 살해자를 감싸안고는 말했다.

"당신을 용서합니다!"

두 사람은 화해의 포옹을 하고 서 있었다.

당신이 제일 사랑했던 사람을 잔인하게 고문하고 불법적으로 죽인 사람마저 용서할 수 있다면 무엇인들 용서하지 못하겠는가. 용서가 있을 때에만 비로소 진상과 사실도 밝혀질 수 있을 것이다.

우리 절은 규율이 엄격하다. 스님이 되기 위해서는 이 년간의 계율 훈련 과정을 거쳐야 한다. 나는 이 과정을 '품질관리'라고 부른다. 행자는 수행 첫해조차도 정오 이후부터 다음 날 동틀 때까지 국물 없는 건더기 음식을 먹으면 안 된다는 계율을 지켜야만 한다.

어느 날 아침 이 수련 과정 중에 있던 한 행자가 나를 만나러 왔다. 그는 이십 대 중반의 영국인이었다. 그는 자신이 전날 저질렀던 일 때문에 죄책감에 시달리고 있다고 했다. 그는 전날 밤 잠을 이룰 수가 없었고, 나에게 고백하러 찾아왔던 것이다.

그는 눈도 마주치지 못할 정도로 너무 부끄러워했고, 고개도 못 든 채 전날 오후 너무 배가 고파 공양간에 몰래 들어가 샌드위치를 만들어 먹었노라고 실토했다. 그는 수행 계율 중 하나를 어긴 것이었다. 나는 말했다.

"아주 좋았네. 자네가 한 일을 나한테 정직하게 말한 건 아주 잘한 일이네. 이제는 사시공양(점심) 시간에 공양을 좀 더 하도록 하게. 그러고도 계속 배가 고프면 과일 주스나 꿀물은 허용돼 있으니 그걸 좀 들게. 우리 전통에서는 초콜릿도 허용되니 그것도 먹고 싶은 만큼 먹어도 되네. 이제 됐지? 가보게."

"네?"

그가 다시 물었다.

"저를 처벌하지 않으시는 겁니까?"

내가 대답했다.

"아니. 절집에서는 처벌하지 않네."

그가 고집했다.

"그걸로는 충분치 않습니다. 저는 제 버릇을 압니다. 스님께서 저를 제대로 혼내주지 않으시면 아마도 틀림없이 같은 짓을 다시 저지를 겁니다."

그가 나를 몰아붙이고 있었다. 제대로 혼을 내줘야만 계율을 지키게 될 거라고 믿는 사람은 어떻게 해야 할까? 좋은 생각이 났다. 나는 그 무렵 로버트 휴그의 역사소설을 읽고 있었다. 『비참한 해안』이라고 부르는 옛날 호주에 관한 소설이었다. 그 책에는 죄수들을 소위 '아홉 꼬리 고양이' 또는 '고양이'라고 줄여서 부르는 끝이 아홉 갈래로 갈라진 무서운 채찍으로 때리던 극악한 처벌이 묘사되어 있었다. 나는 그 계율을 위반한 행자 스님에게 말했다.

"알겠네. 내 벌을 내려주지. 전통적 호주식 벌이네. 고양이 오십 번!"

그 가련한 행자의 얼굴에서 핏기가 가셨다. 그의 입술이 떨리기 시작했다. 이 영국 친구에게는 너무 가혹한 것이어서 윗입술이 굳어버릴 정도였다. 그는 생각했을 것이다.

'아, 안 돼! 주지 스님이 나를 채찍질하려는 거야. 내가 벌받겠다고 한 건 이 정도는 아닌데.'

그는 불문에 갓 입문한 상태여서 샌드위치를 훔친 벌로 정말로 채찍질을 당하는 줄 알았던 모양이었다. 그래서 나는 절집에서 고양이 오십 번이 뜻하는 걸 설명해주었다.

마침 그때 고양이 두 마리가 있었다. 내가 말했다.

"자, 이제 저 고양이들 중 한마리를 골라서 오십 번을 쓰다듬어주게. 고양이를 쓰다듬어주면서 자비를 배우게. 그러면 자네 자신을 용서하는 법을 배울 수 있을 걸세. 그게 계율의 비전(秘傳)일세."

그는 징계를 제대로 잘 받았다. 우리 고양이도.

⌃

여러 해 전에 다음과 같은 고무적인 이야기를 읽은 적이 있다. 한 남자가 분노와 상처 입은 자부심을 극복한 이야기다.

한 미망인이 남편의 장례식에서 남편을 기리는 연설을 하고 있었다. 미망인은 반쪽으로 접힌 종이 하나를 집어들고 설명을 시작했다. 남편은 그 종이를 결혼하기 전부터 지갑에 넣어 가지고 다녔고, 그 종이는 남편이 남에게 분노하게 되거나 스스로가 부정적으로 변하는 걸 막아주었다고 말했다.

남편이 그녀에게 고등학교 시절의 이야기를 들려주었다. 남자아이들뿐인 그의 반에서 막 큰 싸움이 일어나려던 참이었다. 아이들 사이에 여러 날 동안 분노가 쌓여왔던 것이다. 그런데 그날 선생님이 막판에 개입해서 학생들 모두 다 책상에 앉아 연습장을 한 페이지 찢으라고 지시했다. 그리고 여선생님은 그 페이지 상단에 각자가 반에서 가장 미워하는 아이의 이름을 쓰라고 했다. 모두 다 시키는 대로 했다. 페이지 가운데에 상하로 줄을 긋게 하고 줄 왼쪽에는 왜 자신이 그 아이를 미워하는지 이유를 쓰게 했다. 아이들 모두 신이 나서 시키는 대로 했다. 그러자 그녀가 말했다.

"자, 이제 줄 오른쪽에는 너희들이 그렇게 미워하는 그 아이에 대해서 칭찬하고 존중해주고 싶은 일들을 써라."

그건 아이들에게 아주 어려운 일이었지만, 선생님이 다그쳐서 모두들 다 쓰고 말았다. 선생님은 다른 지시를 내렸다.

"줄을 따라서 페이지를 잘 접어라. 그리고 그것을 반으로 찢어라. 이제 내가 휴지통을 들고 돌아다닐 테니 미워하는 이유를 써넣은 왼손의 종이를 휴지통에 넣기 바란다. 그리고 미워하는 친구에 대해서 존중해주고 칭찬하고 싶은 일을 쓴 오른손의 종이는 그 당사자에게 점잖게 전해줘라. 바로 실시!"

미망인은 설명했다. 그녀가 들고 있던 그 오래된 반쪽짜리 종이는 고등학교 때 남편을 가장 미워하던 학생이 남편에게 준 칭찬 쪽

지였다.

그녀의 남편은 화가 치밀 때마다 그 반쪽짜리 종이를 들여다보곤 했다. 이게 만약 남편을 제일 미워하던 친구가 남편에게서 발견할 수 있었던 거라면, 남편도 자신이 미워하는 사람의 좋은 성품을 볼 수 있을 거라고 생각했다는 얘기였다. 그래서 남편은 그 반쪽짜리 종이를 평생 지니고 있었다. 그 쪽지는 남편을 만족할 줄 아는 느긋한 사람으로 만들어주었다.

그러니 여러분도 자신이 싫어지면 종이 한 장을 꺼내서, 가운데로 줄을 그어내리고, 자신에 대해 싫은 점은 왼쪽에 쓰고 좋은 점은 오른쪽에 쓰면 된다. 오른쪽은 반드시 다 채워넣어야 한다. 그러고는 반으로 잘라서 왼쪽 것은 버리고 오른쪽 것은 지니고 다니시라. 그리고 그 쪽지를 주기적으로 들여다보시라. 여러분에게 자부심을 줄 것이다. 정신과 병원에 뿌릴 돈도 많이 아껴줄 것이다.

♪♩

요즘 세상에는 우울해지는 것이 큰 병이라고 생각하는 사람들이 있다. 거기엔 무슨 치료가 필요하니, 정신과의 행복 클리닉을 찾아가보라고 할지도 모른다. 어떤 회사들은 임직원들이 느끼는 문제를 해결해주기 위해 '행복 담당 사장'까지 둔다고 한다. 행복은 현대사회에서는 '꼭 사둬야 하는' 상품인 것이다. 이제 머지않아 공공연한 자괴감으로 주변 사람의 마음을 아프게 하는 사람에게 부과되는 과태료와, 계속 우울해함으로써 행복을 위반하는 사람에게 내려지는 징역형이 생겨날지도 모른다.

얼마 전 거행된 한 수련회에서 법문을 하고 있을 때 젊은 여인이 내게 고백했다. 자신은 이유 없이 침울해진다고.

"제가 침울해하면 모두를 언짢게 만들기 때문에 그러면 안 되는 줄 알면서도 그게 마음대로 안 됩니다. 저는 정말 우울합니다."

그 여인은 죄스러워하면서 털어놓았다. 그래서 나는 사무실로 가서 얼른 아래에 적힌 '우울면허증'을 기안해 프린트했다.

우울면허증

이 증서는 그 소지자에게 다음의 권한을 허락한다.

이유 여하를 막론하고 일체의 제한이나 제지 없이 우울해할 수 있는 영구적 권한.

아무도 이 권리를 침해할 수 없다.

아잔 브라흐마

내가 '우울면허증'을 건네자 그녀는 웃기 시작했다. 나는 단언했다.

"당신은 핵심을 놓치고 있어요."

✿

나는 '행복면허증'도 많이 프린트해야 했다. 우리가 현대사회에서 살려면 운전면허, 결혼면허, 개 사육면허와 기타 많은 면허증을 받아야 하는 것처럼 그렇게 '행복면허'를 받으면 안 되는 이유가 있을까?

자신은 행복해질 자격이 없다고 생각하는 사람들이 의외로 많이 있다. 과거에 저지른 끔찍한 일로 스스로를 도저히 용서할 수 없는 경우가 있을지도 모른다. 아니면, 아마도 다른 사람으로부터 받은 모욕 때문에 괴로워하면서 자긍심을 잃어버렸을 수도 있다.

내가 독일에 있을 때 지도하던 수련회에서 한 청년이 명상하는 데 어려움을 겪고 있었다. 청년은 살면서 여러 가지 문제들을 겪었다고 말했다. 그는 한결같이 고른 인간관계를 유지할 수 없었다. 그는 경력도 보잘것없었다. 그는 스스로가 끝없이 우울한 겨울에 살고 있다고 느꼈다. 행복의 기회가 찾아왔을 때마다 습관적으로 내치곤 했다. 그는 자신이 행복해질 자격이 없다고 무의식적으로 믿었다. 그와 같은 사람들이 생각보다 많다.

나는 청년이 나를 무척 존경하고 있다는 것을 눈치챘다. 그의 친구들은 내게 그가 나를 전지전능하고 대자대비한 영적 스승으로 생각하고 있다고 귀띔해주었다. 그건 좀 지나치긴 했지만 그럼에도 불구하고 도움이 될 수 있는 일이었다. 나는 청년이 절대적 우상으로 생각하는 아무개가 서명한 '행복면허증'을 그에게 건네주었다. 서명한 사람은 바로 나였다.

그는 그 면허증을 신줏단지 모시듯 했다. 액자에 넣어서 그의 방에 걸어놓았다. 그 액자는 그가 전능한 사람에 의해 행복해지도록 승인을 받았다는 것을 계속 일깨워주었다. 그 결과 그는 행복한 순간을 내치는 걸 그만두었고, 자신이 행복해지는 것을 스스로에게 허락했다.

유일한 문제는 그가 이 이야기를 어느 친구에게 말해주었는데 그 친구가 나의 '행복면허증' 사본을 페이스북에 올려버린 것이었다. 얼마 지나지 않아서 내가 서명한 '행복면허증'에 대한 요청이 쇄도하는 바람에 한동안 나의 행복한 시간, 명상할 시간을 다 뺏기고 말았다.

− ⟍⟍ −

시드니에 사는 제인이라는 친구는 자그마한 사업을 운영하고 있었다. 영국의 한 대기업이 제인의 회사 제품에 관심을 보였고, 얼마 뒤 괜찮은 조건으로 협상이 시작되었다. 제인은 영국 회사로부터 계약을 체결하러 최대한 빨리 런던으로 와달라는 제안을 받았다. 제인에게 그동안 꿈꿔온 큰 기회가 찾아온 것이다.

제인에게는 에리카라는 귀여운 딸이 하나 있었다. 제인으로서는 며칠 동안 딸을 떼어놓고 런던으로 떠나는 것이 마음에 걸렸다. 하지만 그 계약은 가족의 미래를 위해서도 결코 놓칠 수 없는 중요한 일이었다.

제인에게 런던 여행은 처음이었다. 제인은 시간이 없었기 때문에 비행기에서 내리자마자 서둘러 호텔로 가서 체크인을 하고 샤워를 한 뒤 옷을 갈아입고는 택시를 타고 곧장 거래처로 향했다. 그녀는 간신히 약속 시간에 맞춰 회사에 도착했다. 그런데 제인이 안내를 받아 회의실에 들어서자 회사 대표가 아닌 임원들이 그녀를 기다리고 있었다.

"공연히 시간 낭비를 하셨군요."

한 임원이 제인에게 말했다.

"아무래도 호주로 돌아가는 다음 비행기를 알아보셔야겠습니다. 대표님께서 기분이 몹시 안 좋으십니다. 당신과 계약하는 일은 없을 테니 그냥 돌아가세요!"

제인은 그야말로 황당했다. 계약을 하기 위해 지구 반 바퀴를 돌아 급하게 달려왔는데, 그냥 돌아가라니. 제인은 그 말을 받아들일 수가 없었다.

"여기에 계신 모든 분들이 같은 의견이라면 어쩔 수 없군요. 하지만 돌아가더라도 대표님을 만나뵙고 돌아가겠습니다."

제인은 물러서지 않았다. 그녀는 회의실 구석에 놓인 의자에 조용히 앉았다.

제인은 명상가였다. 그녀가 특히 선호하는 명상법은 자애심에 대해 묵상하는 것이었다. 제인은 모든 것을 연민의 감정을 가지고 대하자며 기쁜 마음으로 묵상했다. 그때였다. 대표가 회의실 문을 열고 불쑥 들어왔다.

"저 여자 누구야?"

대표는 조용히 눈을 감고 앉아 있는 제인을 보자마자 버럭 소리를 질렀다.

"아니, 무엇 때문에 남의 회사 회의실에 와서 저렇게 앉아 있지?"

명상을 하면 밑도 끝도 없이 버럭 화부터 내는 사람 앞에서도 겁먹지 않고 차분해질 수 있다. 제인은 조용히 일어났다. 그리고 두려워하지도 거만하지도 않은 태도로 화산이 폭발하듯 잔뜩 화가 난 대표 앞으로 다가갔다.

"대표님께서는 시드니에 있는 제 딸 에리카처럼 아름다운 파란 눈을 가지셨군요."

제인은 전혀 의도하지 않은 가운데 그런 말이 입에서 저절로 흘러나왔다고 했다. 아무튼 그 말의 효과는 굉장했다. 대표도 그 말이 자신의 마음 안에서 어떤 변화를 불러일으켰는지 알지 못했다. 그의 머리는 회로가 끊긴 듯 모든 기능이 멈춰버렸다. 그는 뭐가 뭔지 모르는 상태에서 일 분도 넘게 그 자리에 멍하니 서 있었다. 이윽고 대표는 제인의 눈을 지그시 바라보았다. 그러자 분노의 감정이 눈 녹듯 녹아내렸다. 마침내 대표가 반갑게 미소를 지으며 말문을 열었다.

"아, 그렇습니까?"

그리고 오 분도 안 되어 제인은 계약서에 서명했다. 대표는 여전히 충격을 받은 듯한 표정을 짓고 있었다. 제인은 장시간의 비행이 몰고 온 피로를 풀 겸 호텔에 가서 잠을 청하려고 자리에서 일어났다. 그녀가 회의실을 나가려고 할 때 임원들이 그녀를 둘러싸고 물었다.

"아니, 대체 어떻게 하신 겁니까? 이런 일은 처음 겪습니다. 호텔로 가시기 전에 무엇을 어떻게 하셨는지 알려주셨으면 합니다!"

이것이 바로 명상의 효과이다.

5

여기 있는 사람, 가는 사람

오늘날에는 가만히 있는 사람을 찾기가 쉽지 않다. 사람들은 여기에 가만히 있지 못하고 항상 어딘가로 가고 있다. 그래서 나는 사람들을 '가고 있는 사람들'이라고 부른다. 우리는 그저 가만히 존재하는 법을 잊어버린 것이다.

나는 옳은 방향으로 가고 있다는 걸

당신이 알고 따라갈 수 있는 그 무엇,

물줄기를 찾을 것을 제의한다.

그 물줄기는 당신을 가두고 있는 무지라는 안개

속에서

당신을 그 밑으로 인도해가서

어느 길로 가면 더 멀리 나아갈지를

혼자 힘으로 알게 한다.

그 물줄기는 덕행, 평화, 연민이다.

나는 내 자신이 완벽하기를 바라지 않는다. 사실 나는 실수하는 걸 좋아한다. 내가 저지른 바보 같은 일들로 인해 친구들이 웃을 수 있었기 때문이다. 나의 바보스러움이 결과적으로 세상을 더 행복하게 만들었다면 그것으로 족하다.

첫 번째 실수.

말레이시아 페낭에서 9일 동안의 수련회 지도를 마치고 곧바로 공항으로 갔는데 여러 사람이 배웅하러 나왔다. 비행기에 탑승하기 전이라서 사람들이 내게 커피를 한 잔 사다 주었다. 그 커피는 향기가 진했고 푸짐하게 얹은 아이스크림으로 단맛을 낸 것이었다.

나는 빨대로 맛있는 단물을 빨기 시작했는데 아무것도 나오지 않았다. 나는 더 세게 빨았다. 그래도 아무것도 나오지 않았다. 빨대가 막힌 게 틀림없었다. 그래서 나는 더 세게 빨았다. 바로 그때 몇몇 사람이 낄낄거리며 웃고 있는 걸 보았다. 다른 사람들은 예의를 차리느라 웃지는 못하고 손으로 입을 가리고 있었다. 유리잔에서 빨대를 뽑아보니 그것은 플라스틱 숟가락이었다.

내가 사는 곳에서의 숟가락은 쇠로 만들어졌을 뿐만 아니라 넓고 평평한 손잡이가 있었다. 요즘 커피집의 것처럼 가늘고 둥근 플라스틱이 아니었다. 어쨌거나 잔 위에 아이스크림이 푸짐하게 얹혀 있었고, 그릇에 잠겨 있는 둥근 플라스틱 숟가락의 끝에 무엇이 붙어 있는지 알아볼 수 없었다. 나는 폭소를 터뜨렸고 배웅 나온 사람들도 함께 웃었다. 내가 모두를 웃게 만든 것이었다.

두 번째 실수.

나는 태국 북동부에서 명상 스승으로 최고봉이신 아잔 차 스님을 모시고 수행승 생활을 시작했다. 태국에 처음 도착했을 때는 태국말을 할 줄 몰라서 즉석에서 배워야 했다.

어느 날 비누가 떨어졌다. 나는 늘 하던 대로 스승님께로 가서 간단한 말로 부탁을 드렸다. 물론 태국어로. 태국말로 비누는 '사부'였다. 그런데 나는 파인애플을 의미하는 '사포'라고 발음했다.

아잔 차 스님께서는 내가 원하는 게 파인애플이냐고 물으셨다. 나는 대답했다.

"얼굴 닦는 거요."

그러자 아잔 차 스님께서는 웃느라고 의자에서 떨어질 뻔하셨다. 스님께서는 그 후로 오랫동안 태국 손님들을 만날 때마다 그때의 일을 말씀하시며 한바탕 웃곤 하셨다.

"이런 서양 친구를 보았소? 파인애플로 얼굴을 씻는다오. 대단한 선진 문명인들이에요."

태국말을 배우려고 노력하다가 내가 저지른 실수들은 스승님을 여러 번 웃게 만들었다.

세 번째 실수.

나는 우리 절의 스리랑카 신도의 부모님 장례식을 도맡아 주관한 적이 있다. 나는 엄숙한 불교 예식에 맞춰 조문객들을 맞이하기 위해 명부전의 낭독대 앞에 섰다.

나의 말은 이렇게 시작되었다.

"우리는 며칠 전 돌아가신 우리 친구의 어머니를 기리기 위해 오늘 이 자리에 모였습니다."

스리랑카 사람들의 이름은 나 같은 서양 사람들한테는 발음하기가 너무 길고 어렵다 보니, 나는 돌아가신 분을 "내 친구의 어머니"라고 불렀던 것이었다.

그러자 갑자기 맨 앞에 앉아 있던 노부인이 일어서면서 나의 인사말을 가로막고는 준열하게 말했다.

"돌아가신 분은 내가 아니고 내 남편이란 말이에요!"

장례식에 모인 사람들이 모두 박장대소를 하고 말았다. 내 생각에는 죽은 사람이 누워 있던 관도 움직였던 것 같다. 그날 장례식은 돌아가신 분을 진정으로 기리는, 그러나 오랫동안 기억에 남을 행복한 장례식이 되었다.

ㅅ

살다 보면 모르는 사람이 당신에게 화를 낼 때도 있고, 사랑하는 사람이 당신에게 화를 낼 때도 있다. 우리 모두에게 언제든 일어날 수 있는 일이다. 어떤 사람은 부처님에게도 화를 낸다. 지금 당장 화가 머리끝까지 난 사람을 맞닥뜨렸다면 당신은 어떻게 할 것인가. 소개하는 다음의 이야기에서 해답을 한번 찾아보시라.

한 남자가 퇴근 후 집에서 한가롭게 오후를 즐기고 있었다. 마침 아내가 저녁식사를 준비하느라 분주했는데 하필이면 달걀이 떨어지고 없었다.

그때 아내가 말했다.

"여보, 시장에 가서 달걀 좀 사다 줄래요?"

"그럼, 내 사랑."

남자는 기꺼이 대답했으나 그때까지 그는 시장에 한 번도 가본 적이 없었다. 그래서 그는 아내에게 돈과 바구니를 건네받은 다음 시장 한복판에 있는 식료품점으로 가는 길을 전해 들었다. 사실 그 가게는 집에서 그리 멀지 않았다.

남자가 시장에 들어섰을 때 한 젊은 친구가 그에게 곧바로 달려
와서는 큰 소리로 외쳐댔다.

"이봐, 낙타 얼굴!"

"뭐라고?"

그는 깜짝 놀랐다. 그러고는 다시 대답했다.

"난 당신을 알지도 못해! 누구더러 낙타 얼굴이라는 거야?"

그러자 그 젊은 친구는 기가 살아서 그 남자에게 더 심한 욕설을
퍼붓기 시작했다.

"아이고, 입에서 똥냄새! 오늘 아침에 면도하고 개똥 발랐냐? 겨
드랑이에 길 잃은 개 수천 마리의 개벼룩이나 잔뜩 옮아라!"

무엇보다 참을 수 없었던 건 어떠한 잘못도 없는데 사람들이 모
두 쳐다보는 시장 한복판에서 그 젊은 친구에게 큰 소리로 모욕을
당하는 거였다. 그는 속이 뒤집히고 황당하여 서둘러 돌아서서 시
장을 빠져나왔다.

"여보, 일찍 왔네요."

남편이 돌아온 걸 보고 아내가 말했다.

"달걀 사왔어요?"

"아니!"

남편은 화가 나서 다시 말했다.

"다시는 손님을 내쫓는 그 쌍스럽고 불쾌한 시장으로 나를 보내

지 말아줘!"

결혼생활을 원만하게 잘 유지하는 비법은 배우자가 불쾌한 일을 당했을 때 그 상한 마음을 부드럽게 달래주는 요령을 아느냐 모르느냐에 달려 있는 법이다. 그래서 아내는 남편의 가슴속에서 불타고 있는 화기가 가라앉을 때까지 편안하게 달래주었다. 그러고는 그 젊은 친구가 어떻게 생겼는지 부드러운 말투로 물었다. 남편은 는 인상을 찌푸리다가 한바탕 분통을 터뜨리며 그 친구의 인상착의를 설명했다.

"아, 그 사람이로군요!"

아내는 그 사람을 알고 있었다.

"그 사람은 누구한테나 그래요. 어릴 때 넘어져서 머리를 다쳤대요. 치명적인 뇌 손상을 입어서 그때 이후로 그렇게 미쳐 있는 거래요. 불쌍한 친구죠. 그 사람은 학교도 다닐 수 없었고, 친구하고 놀 수도 없고, 일자리도 가질 수 없고, 좋은 아가씨와 결혼해서 가정도 꾸릴 수 없어요. 그 불행한 청년은 정신이상자예요. 그 청년은 아무한테나 욕설을 퍼부어대죠. 당신만 당했다고 생각하지 말아요. 불쌍한 청년이잖아요."

그 말을 듣고 나자 남자의 분노가 눈 녹듯이 사라져버렸다. 이제 남자는 그 청년에게 연민을 느끼게 되었다. 남편의 심경 변화를 눈치챈 아내가 말했다.

"여보, 아직 달걀이 필요한데 사다 줄 수 있나요?"

"그러지, 내 사랑."

그는 다시 시장으로 향했다.

남자가 나타나자 그 젊은 친구가 다시 소리쳤다.

"여러분, 누가 오는지 보세요. 늙다리 낙타 얼굴이 입에 똥냄새를 풍기면서 또 왔어요. 여러분, 코를 막으세요. 개똥 무더기를 우리 시장 바닥에 막 뿌리고 다닌다고요."

남자는 이번에는 언짢아하지 않았다. 그는 졸졸 따라다니면서 욕설을 퍼부어대는 그 청년과 함께 곧바로 식료품점으로 걸어갔다. 주인 아주머니가 말했다.

"신경 쓰지 마세요. 이 청년은 누구한테나 이렇게 해요. 미쳤어요. 어렸을 때 사고를 당했대요."

"네, 알고 있습니다. 불쌍한 젊은이죠."

남자는 진심으로 연민을 느끼면서 달걀값을 지불했다. 그러나 그 청년은 더 큰 소리로 음담패설을 해대면서 시장 모퉁이까지 뒤를 쫓아왔다. 하지만 남자는 하나도 기분 나쁘지 않았다. 그 청년은 미쳐 있었기 때문이다.

누군가가 당신에게 험한 욕을 하거나, 아니면 배우자가 당신에게 화를 내면 그들은 오늘 머리를 다쳐서 잠시 뇌 손상으로 고생하고 있다고 생각하시라. 그래서 불교에서는 남들에게 화를 내거나 남들을 모욕하는 것을 두고 '일시적 정신이상'이라고 부른다.

때문에 누군가가 당신에게 화를 낼 때 그것이 일시적 정신이상이라는 걸 안다면 매사에 차분하게, 때로는 연민을 느끼면서 응대할 수 있게 될 것이다. '불쌍한 사람을 위하여!'

ꝺ ꝼ

나는 2004년에 영광스럽게도 존 커틴 메달을 수상했다. 그 메달은 2차 세계대전 당시에 활약했던 호주 총리 존 커틴의 비전과 지도력, 그리고 사회에 기여한 공로 등을 기리기 위해 그의 이름을 따서 만들어진 상이었다. 수여식은 퍼스에 있는 커틴대학에서 고위 인사들이 지켜보는 가운데 거행됐다.

수상소감을 말해달라는 요청을 받고 나는 호주 사회에는 내가 해온 일보다 훨씬 더 큰 기여를 한 분들이 많기 때문에 이번 수상은 영광이고 뜻밖의 일이라고 밝혔다. 더욱이 다른 수많은 사람들의 도움이 없었더라면 그 일들을 성취할 수 없었을 것이라는 점도 강조했다.

나는 다음 해였던 2005년 존 커틴 메달 수상자의 수여식에 참석해달라는 요청을 받았다. 나의 수상식에 많은 사람들이 참석해주었으니 나도 예의상 참석했다.

그해의 메달 수상자는 퍼스 소재 한 병원에서 혈액학의 수장으로 근무하고 있는 조스케 박사였다. 조스케 박사는 고통받는 암 환자들에 대한 연구에 매진했는데, 환자들이 세계 최고 수준의 외과 수술과 화학요법 그리고 방사선치료를 받았지만, 그 후의 치료가 충분치 못했다는 걸 절감했다. 그래서 박사는 강력한 영향력을 행사하여 늘 바쁠 수밖에 없는 병원 안에 방 몇 개를 확보해두고 대체 및 보조 치료센터를 세웠다. 그 센터에서는 전통적인 암 치료를 받는 환자들이라면 누구나 비과학적이라고 여길 수밖에 없는 침 치료, 발 마사지, 기 요법 등 여러 가지 다른 치료들을 무료로 받을 수 있었다.

박사는 환자들이 최소한의 안락함과 휴식을 경험할 수 있도록 노력했는데, 그 가운데 환자의 발을 삼십 분간 마사지해주는 치료도 있었다. 박사는 마사지를 통해 환자가 사랑받고 있다는 것을 느끼게 될 것이라고 판단했던 것이다. 박사는 동료 의사들로부터 비웃음을 받았지만 자신의 뜻을 강력히 밀어붙였고, 놀랍고도 긍정적인 결과들을 얻었다. 나는 이러한 이야기를 전해 듣고 큰 감동을 받았다.

아무튼 조스케 박사도 수상소감을 요청받았다. 박사는 호주 사회에는 자신이 해온 것보다 훨씬 더 큰 기여를 한 분들이 많기 때문에 수상을 하게 된 것은 영광이고 뜻밖의 일이라고 했다. 그는 또 다른 수많은 사람들의 도움이 없었더라면 그 일들을 성취할 수 없었을 것이라고 강조했다.

나는 청중 속에 앉아서 낮게 중얼거렸다.

"이거 보세요! 그건 작년에 내가 한 말이오."

정말 그랬다. 여러 사람들 앞에서 칭찬을 받게 되면 거의 모두들 그렇게 말하게 된다.

나는 조스케 박사가 존 커틴 메달의 권위와 명예에 걸맞은 사람이라는 것을 확신했다. 물론 나도 바로 전해에 그 상을 받았기 때문에 그런 생각을 하게 되었는지도 모른다. 수준 높은 여러 학회들이 내가 했던 일과 결과들을 철저하게 관찰했을 것이고, 내가 수상할 가치가 있다고 판단한 것이 분명했다. 나로서는 그들의 냉철한 판단을 의심할 자격을 갖고 있지 않았다. 조스케 박사가 수상했던 것처럼 나 또한 그 상을 받기로 결심했고, 그렇게 나도 메달을 수상했던 것이다. 조스케 박사는 나보다 한 해 뒤에 수상했지만 그동안의 일을 통해서 제대로 칭찬을 받은 셈이었다.

이제는 지식인들이 나를 칭찬하면 그들의 권위에 맞게 반드시 경의를 표한다.

"감사합니다. 칭찬을 감사히 받겠습니다."

나의 대답이 좀 이례적이어서 사람들을 웃게 만들지만 그 의미를 알게 되면 그들 스스로도 나의 칭찬을 받아들이기 시작한다. 사람들의 감정에 따라 행복은 그렇게 큰 차이를 보이는 법이다.

덧붙이자면, 나는 어릴 때부터 칭찬을 받아들이면 머리가 커진다고 배워서 예전에는 칭찬을 받아들이지 않았다. 그러나 현실은 달랐다. 이제 칭찬을 받아들이면 머리 대신에 마음이 커진다고 믿는다.

❀

왜 많은 사제들과 스님들이 자신들은 독신이면서 결혼식 주례를 보는 것일까?

나는 시간 있을 때마다 결혼식 주례를 보았다. 명사의 결혼식 주례도 맡았던 적이 있는데 가십거리를 주로 싣는 『헬로』라는 말레이시아판 잡지에 내 사진이 실리기도 했다.

주례를 선다는 건 순수한 젊은 부부에게 덕담을 들려줘야 한다는 걸 의미했다. 나는 덕담을 순전히 이기심에 의해 해준다. 내가 방금 주례를 본 커플이 나중에 자신들의 결혼생활 문제로 나를 지속적으로 괴롭히는 걸 원치 않기 때문이다. 그래서 나는 주례사로 행복한 결혼생활의 비법을 알려준다. 그러면 그들은 나를 가만히 혼자 있게 놔둔다. 나도 행복하고 그들도 행복해진다. 윈윈인 것이다.

"행복한 결혼생활의 비법은 무엇일까요?"

보통은 반지를 교환한 직후지만 예식 중에 때맞춰 나는 신부의 눈을 들여다보면서 먼저 그렇게 말을 꺼낸다.

"당신은 이제 결혼한 부인입니다. 이 순간부터 당신은 절대로 당신 자신을 생각해서는 안 됩니다."

신부는 즉시 고개를 끄덕이고 부드럽게 미소를 짓는다. 그러고 나면 신랑을 보면서 말한다.

"당신은 이제 결혼한 남자입니다. 당신도 더 이상 당신 자신을 생각해서는 안 됩니다."

나로서는 도대체 이유를 모르겠지만 신랑들은 보통 잠시 뜸을 들였다가 "예." 하고 대답을 한다. 나는 여전히 신랑을 보면서 계속 말을 잇는다.

"그럼, 이 시간부터 당신은 절대로 당신의 부인 생각을 해서는 안 됩니다."

그렇게 말하고는 얼른 신부를 돌아보면서 말한다.

"당신도 이제부터 남편 생각을 해서는 안 됩니다."

그러면 커플들은 당황하여 어리둥절한 표정을 짓게 되고 나는 그런 표정을 즐기곤 한다. 독심술을 가진 사람이 아니더라도 그들이 무슨 생각을 하는지 금방 알 수 있다.

'이 미친 중이 지금 뭐라고 떠드는 거야?'

누군가를 지도할 때 혼란을 주는 것은 매우 효과적인 방법이다.

아울러 수수께끼 풀기에 빠져 있는 사람에게 답을 가르쳐주면 누구나 주목하게 마련인 것이다. 나는 계속 설명한다.

"두 사람이 결혼했으면 이제 각자 자신의 생각을 해서는 안 됩니다. 안 그러면 두 사람은 자신들의 결혼에 아무런 기여도 하지 못하게 됩니다. 아울러 결혼했으면 배우자에 대한 생각을 해서는 안 됩니다. 그러지 않으면 두 사람의 결혼에 아무것도 남지 않을 때까지 배우자에게 일방적으로 주기만 해야 합니다. 대신에 결혼했으면 '우리'에 대한 생각만 해야 합니다. 두 분은 이 점을 명심해야 합니다."

내 말이 끝나면 커플은 예외 없이 서로를 돌아보면서 미소 짓는다. 즉각 알아들은 것이다. 결혼은 '우리'다. 내가 아니고, 그도 아니고, 그녀도 아니다.

그 비법에 대해 그들이 제대로 이해를 했는지 확인하기 위해 나는 또 묻는다.

"두 사람의 결혼에 문제가 생기면 누구의 잘못입니까?"

그들은 함께 대답한다.

"우리 잘못입니다."

부부 관계에서 문제가 생겼을 때 그게 배우자의 탓이라고 생각하면 당신은 그 문제를 풀 수 없다. 그게 당신 자신 탓이라고 생각하면 해결책의 반을 놓치게 된다. 하지만 어떤 어려움도 '우리'의 문제로 인식하면 해결책을 둘이 함께 찾아낼 수 있다. 그렇게 하면 풍요롭고 행복한 결혼생활을 꾸려갈 수 있다.

– ゝ –

공동체에서 자원봉사를 하는 사람들은 종종 사회에 무언가 도움이 되고 되돌려주고 싶다는 생각으로 봉사를 시작한다. 그런데 그 일을 그만둘 때에는 그들이 준 것보다는 받은 게 훨씬 더 많았다는 걸 알게 된다. 그들의 시간을 좋은 뜻에 쓰는 것은 지출이 아니라 항상 회수율 높은 투자라는 걸 경험으로 깨달은 것이다.

나는 종종 자신이 우울증을 갖고 있으면서 노인 가정이나 병원 또는 다른 자선단체를 찾아나서고 그들의 시간을 자원봉사에 쓰는 사람들에게 조언을 해주곤 한다. 사실 남에게 선행을 베푸는 것은 그들의 삶에 의미를 더해주는 일이다. 자원봉사 활동을 통해 그들이 잃어버리고 있던 것의 의미를 찾아내게 되는 것이다.

베풀면서 역으로 건강한 감성을 되돌려받게 된다. 내가 다운증후군 친구들에게 봉사하면서 받았던 것처럼. 우리가 돕고 있다고 생각하는 사람들이 우리를 돕고 있는 것이다. 자비희사(慈悲喜捨)의 선행공덕은 우리의 자신감을 살아나게 하고 실제로 우리 자신과 우리의 삶을 좋아하게 해준다. 우리의 우울증도 날려버린다.

선행은 우리의 인생을 어떻게 변화시킬지 알 수 없다. 선행은 다만 베풀 뿐 보답을 바라지 않는다. 그러나 선행은 나도 모르게 쌓여서 어느 날 몇 배로 되돌아온다. 다음 이야기가 보여주는 것처럼 조그만 친절을 베풀었을 뿐인데 그 조그만 친절도 베풀다 보면 어느 날 뜻밖의 결과로 되돌아오기도 한다.

내 친구가 얼마 전 아내와 이혼을 하고 작은 아파트로 이사를 했다. 그는 족보 있는 그의 개를 좁디좁은 곳에서 키울 수 없어서 그 녀석과 같은 혈통의 개를 키우고 있는 나이 지긋하고 자상한 노부인에게 넘겨주었다.

어느 날, 그가 일을 하고 있는데 노부인이 전화를 걸어와 교외에 있는 자신의 집까지 와서 시내에 예약이 돼 있는 병원으로 좀 태워다 줄 수 있느냐고 물었다. 노부인은 시간은 급한데 다른 교통편을 찾을 수가 없기 때문이라고 말했다.

내 친구는 혼자서 광고 사업을 하고 있었는데, 때마침 차를 몰고 그 근처를 지나가고 있는 중이었다. 그는 혼자 사업을 하고 있었고 본인이 사장이었기 때문에 노부인을 병원에 데려다줄 시간을 낼 수 있었다.

자상하고 친근한 노부인에게 보인 작은 친절이 정식으로 개인택시 서비스의 시작이 됐다. 내 친구는 노부인을 치과나 다른 어떤 곳으로 데려다주는 걸 마다하지 않았다. 그녀를 돕는 게 즐거웠고 오히려 힘든 일을 잠시 쉬게 해주는 반가운 휴식이었다.

어느 날 노부인은 그녀의 변호사와 중요한 약속이 있으니 시간을 내서 데려다줄 수 있겠느냐고 전화로 물어왔다. 여느 때처럼 기쁜 마음으로 그렇게 해드리겠다고 하고는 시내의 변호사 사무실 앞에까지 데려다주었다. 부인은 잠시 시간을 내서 사무실 안까지 동행해줄 수 있겠는지 정중하게 물어왔고, 그는 행복한 마음으로 그렇게 해주었다. 부인은 놀랍게도 변호사가 보는 바로 그 자리에서 내 친구를 그녀의 상당한 재산을 물려받을 단독 상속자로 지목했다. 그 노부인은 곧 세상을 떠날지도 모르는 상황이었다.

내 친구는 자신의 행운에 깜짝 놀랐다. 그는 친절했을 뿐이고, 여하튼 노부인을 돌보는 게 즐거웠을 따름이었다. 그런데 그것이 많은 돈을 상속받는 행운으로 되돌아온 것이었다.

물론 이런 행운은 남을 돕는 데 자신의 시간을 자진해서 내줄 때 일어난다. 최소한 우리 자신에 대해서 기분 좋고 때로는 깜짝 놀랄 다른 일들도 일어나는 법이다.

___9

요즘 사람들은 피트니스에 푹 빠져 있다. 사람들은 육체의 건강을 유지하기 위해 여가 시간의 많은 부분을 체육관에서 보내거나 운동에 쓴다. 그렇지만 정신은 건강하지 못한 채 그냥 남아 있다. 사람들은 너무나도 쉽게 분노하고 우울해한다. 그래서 나는 건강한 정신을 위해 간단한 운동요법을 개발해서 가르치고 있다. 이른바 매일 아침 팔굽혀펴기 스무 번.

매일 아침 욕실에 가서 이를 닦고 난 후, 거울이 보이는 따뜻하고 부드러운 매트 위에서 다리를 어깨넓이만큼 벌리고 선다. 몸을 이완시키기 위해 서너 번 숨을 깊게 들이쉬고 내쉰다. 그러고는 양손을 얼굴 높이까지 올린다. 양손의 검지를 양쪽 입꼬리에 갖다 놓는다. 그런 다음 첫째, 거울을 보면서 입꼬리를 들어올린다. 둘째, 입을 평상시의 무뚝뚝해 보이는 위치로 돌아가게 삼 초 동안 내버려둔다. 그런 뒤 다시 들어올린다. 계속해서 스무 번까지 들어올린다. 중간에 그만두면 안 된다.

매일 아침 자신을 보면서 웃게 될 뿐만 아니라, 입꼬리 근처의 근육들이 아주 효과적으로 단련되고 쉽게 지치지 않게 되는데, 따라서 일상생활 중에 잘 웃게 되고 미소가 전보다 오래가게 된다.

훈련이다. 이것으로 끝.

ㅅ

말레이시아에서 법문을 할 때였다. 나를 초빙한 사람들이 큰 곤경에 빠져 있는 그들의 친구를 만나줄 수 있겠는지를 물어왔다. 그녀는 심리학자와 치료사들에게 치료까지 받았지만 아무도 그녀를 도울 수 없었다고 했다. 친구들은 아마도 내가 도울 수 있지 않을까 생각했던 모양이었다.

나는 그녀의 문제가 어떤 것인지는 모르지만 최고의 전문의들이 도울 수 없었다면 아주 다른 뭔가를 준비해야 한다는 걸 알아차렸다. 사실 스님들에게 있어 '다르게 생각하기'는 어려운 일이 아니다. 왜냐하면 실제로 스님들은 다르게 살고 있으니까.

그녀가 나를 만나러 방 안으로 들어왔을 때, 나는 모든 생각과 마음을 비운 상태였다. 명상 전문가인 나에게는 아주 쉬운 일이었다. 그런 상태에서 그녀는 자신이 얼마나 잔인하게 강간을 당했었는지 내게 털어놓았다. 그녀는 가슴 아픈 이야기를 마치고 나의 텅 빈 마음속에서 나오는 이 말을 들어야 했다.

"폭행당한 건 정말 행운이었소!"

나는 내가 한 말에 충격을 받았다. 내 앞에 있던 여자는 더 깜짝 놀랐다. 내 입에서 나온 말은 미리 생각했던 게 아니었다. 내 마음속의 아주 고요한 곳에서 저절로 나온 것이었다. 나는 곧 알아차렸다. 그녀에게 말했다.

"나는 당신이 겪은 일과 당신의 그 마음을 알 길이 없습니다. 하지만 나는 당신 내면의 아주 강인한 정신력을 보았습니다. 당신은 스스로 이 끔찍한 수렁에서 빠져나올 길을 찾아낼 것이고, 나오고 나면 내가 말할 수 없는 것을 말할 수 있게 될 겁니다. 당신은 다른 강간 피해자의 눈을 깊이 들여다보면서 그녀에게 '나도 똑같이 당해봐서 당신의 그 마음을 잘 압니다.'라고 말해줄 수 있을 겁니다. 그러고 나서 당신은 그 이상도 할 수 있을 것입니다. 당신은 그녀에게 '내 손을 잡으세요. 나는 이 끔찍한 수렁에서 빠져나오는 법을 압니다.'라고 말하면서 지옥 같은 마음 상태에서 탈출하는 법을 가르쳐줄 수 있을 겁니다. 나는 절대로 그렇게 할 수 없습니다. 내가 '폭행당한 건 정말 행운이었소!'라고 한 건 당신이 나중에 아주 많은 사람들을 돕게 될 거라는 뜻에서였습니다."

그 피해 여성은 금방 알아들었다. 아무튼 내 말이 그 끔찍한 경험에 대해 의미를 부여했고, 그녀만을 위해서뿐만 아니라 다른 많은 사람들의 마음의 평화를 위해 그녀에게 중요한 사명을 안겨준 셈이 되었다.

❧

케임브리지대학에서 이론물리학을 전공한 사람으로서 나는 기적의 존재를 인정하는 편은 아니다. 하지만 달리 설명할 수 없는 행사가 하나 있다.

서부 호주 불교계의 30주년 기념일 때였다. 우리는 정말 변변치 않게 시작해서 아주 먼 길을 걸어왔다. 이제 우리의 성공을 축하하고 불교가 서부 호주에 자리 잡은 것을 세상에 보여줄 때였다. 우리는 퍼스 시내 중앙 상업지구의 제일 중심부에 있는 대법원 공원을 옥외행사 장소로 빌렸다. 놀랍게도 그 장소가 그날은 예약 없이 비어 있었다. 우리는 기념일 행사를 위해 거대한 새 금불상을 태국에 주문했다. 무대와 대형 천막, 음식과 파티를 모두 자비로 준비했다. 서부 호주 시장 지오프 갤럽 박사와 각국 대사들, 각계의 고위 인사들을 설득해 행사에 참석하도록 했다. 행사는 불교 달력에서 가장 성스러운 밤인 5월 대보름날 밤, 일요일 저녁에 열도록 되어 있었다. 준비할 일이 엄청나게 많고 힘들었지만 모든 준비가 차근차근 완료되어 하나로 갖춰지고 있었다.

그런데 행사 당일 아침에 일어나보니 비가 무섭게 쏟아지고 있었다. 일기예보에 의하면 날씨가 훨씬 더 나빠질 것이라고 했다. 퍼스 지역에 폭풍경보가 내려졌고 저녁 일곱 시에 폭풍의 중심이 퍼스를 강타할 것이라고 했다. 정확히 우리의 행사가 시작될 시각이었다.

우리는 하루 종일 행사 준비를 하면서 쏟아지는 비 때문에 온몸이 다 젖어버렸다. 세 번씩이나 시청에서 전화가 와 물었다.

"행사를 취소하시나요? 폭풍이 더 강해질 거라는 예보가 나오고 있습니다."

우리는 세 번이나 대답했다.

"절대로 그런 일은 없습니다."

평생을 상선 선원으로 일해온 친한 친구가 기압이 떨어지고 있는 걸 지적하면서 그의 해상 근무 경험으로 미뤄볼 때 거대한 폭풍이 다가오고 있다고 단언했다. 우리 스님들 가운데 한 명도 나를 따로 불러내 바보가 되지 말고 취소하자고 했다. 나는 또 한 번 거절했다.

그런데 행사 시작 사십오 분 전에 비가 기적적으로 그쳤다. 최고 귀빈이 도착하기 십오 분 전쯤 행사 준비 작업자 한 명이 내가 눈물을 흘리면서 몇 가지 최종 점검을 하고 있는 천막 안으로 들어와서 소리쳤다.

"어서 나와보세요! 어서 나와보세요!"

나는 무엇인가가 크게 잘못된 줄 알고 급히 나가보니 그녀가 손가락으로 하늘을 가리키고 있었다. 그날 처음으로 구름이 걷히고 찬란한 보름달이 나타났던 것이다. 곧 시장님과 다른 고위 인사들이 모두 도착했다. 촬영기사 한 명이 나를 따라다니면서 계속 되풀이해 말했다.

"정말 신기합니다! 신기해요!"

우리는 맑게 갠 하늘과 빛나는 보름달 밑에서 행사를 진행했다.

행사가 끝나고 나자 구름이 덮이더니 밤새도록 비가 퍼부었다. 다음 날 아침, 그 행사 장소는 수면 밑으로 약 5센티미터나 잠겼고 인근 고속도로도 물바다로 뒤덮였다. 동서남북 근교 지역에는 폭우가 쉬지 않고 쏟아져내려 많은 나무들이 뿌리가 뽑혀나가는 등 난리가 나서 초청된 많은 손님들이 올 수가 없었다. 그들은 우리가 맑은 날씨 속에 행사를 마쳤다는 걸 믿지 못했다. 무대와 천막들을 빌렸던 회사에서는 이렇게 이메일을 보내왔다.

"우리는 아잔 브라흐마 스님이 어떤 분인지 잘 모릅니다. 하지만 오늘 경마장에서 어느 말이 우승할 것인지 물어봐야겠습니다."

이 사건은 그냥 비가 아니라 초대형 폭풍이 우리의 행사 장소 위에서만 멈춘 것이었다. 달리 설명할 길이 없다. 그것은 기적이었다.

🌱

태국에서 평화봉사단 임무를 무사히 마친 한 미국 청년이 태국에 더 머물면서 불교 스님 생활을 해보기로 결심했다. 그는 방콕의 한 호텔에 머물고 있었는데 스님이 되려면 어디로 가야 하는지를 몰라서 호텔 안내인에게 조언을 부탁했다. 호텔 안내인이 그런 요청을 받는 일은 흔치 않았기 때문에 그가 제대로 조언을 해주지 못한 것은 그리 놀랄 일도 아니다.

안내인은 서양 스님들이 이따금 기거하는 방콕 중심부에 위치한 '왓 보보르니브'라는 절에 가보라고 했다. 그는 음식을 좀 준비해 가지고 가서 스님들이 이른 아침 탁발을 나설 때 드리고 스님이 되는 길을 물어보는 게 좋겠다는 충고를 해주었다.

청년은 조언을 따라 오전 네 시쯤 문이 닫힌 절 앞에 도착했다. 하지만 그다음 무엇을 해야 할지 몰라 청년은 아무도 없는 거리를 왔다 갔다 하고 있었다. 그때 어느 태국 노신사가 그에게 다가와 완벽한 영어로 도와줄 일이 있느냐고 물어왔다. 그 미국 청년이 자신의 뜻하는 바를 설명하자 태국 신사가 그 절은 오전 다섯 시 삼십 분까지는 문을 열지 않지만 자기가 열쇠를 가지고 있으니 스님들이 나올 때까지 절을 구경시켜주겠노라고 했다.

태국 신사는 주 포살당으로 이어지는 철문을 열고, 불을 켠 다음 아름답게 조각된 문들을 연 뒤 청년을 안으로 안내했다. 그리고 남는 시간 동안 태국 신사는 건물 벽에 그려진 전통적인 태국 그림들에 대해서 자세하고 매력적인 설명을 해주었다. 누가 후원을 했고 왜 했는지도 함께 설명해주었다. 어떤 그림은 돌아가신 부모님을 기리기 위해서거나 병약한 아이의 회복을 위해 보시된 것이었다. 시간은 금세 흘러갔고 마지막 벽화의 설명을 마치고 난 태국 신사는 미국 청년에게 태국 노장 스님 한 분이 곧 나올 테니 밖으로 나가서 기다리라고 했다. 청년은 스님의 바리때에 음식을 넣고 스님이 되는 길을 물어보아야 했다. 그러는 사이 태국 신사는 철문을 닫았다.

미국 청년은 애기 들은 대로 했고, 노장 스님은 그가 스님으로서 수계를 받기 전에 기본 수련을 받아야 할 절로 데리고 갔다.

그런데 문제가 생겼다. 미국 청년은 자신을 훈련시키는 태국 스님의 영어를 도저히 알아들을 수가 없었다. 그가 부탁했다.

"다른 스님이 가르쳐주시면 안 될까요?"

답을 들었다.

"이 스님이 우리 절 전체에서 영어를 제일 잘하시는 분이오."

미국 청년이 물었다.

"첫날 제가 만났던 태국 노신사분은 안 될까요? 철문을 열고 저를 포살당에 데리고 갔던 분 말이에요. 그분은 영어를 완벽하게 하시던데요."

그 말이 떨어지기가 무섭게 스님들이 청년을 나이 든 주지 스님에게 데리고 갔다. 그가 그 이야기를 하자 주지 스님이 비서를 불러들여서 모두 받아 적게 했다.

그러나 그 문을 여는 열쇠를 가진 재가 신도는 없었다. 사실 그 문은 소위 '왕의 문'이었고 태국 왕과 왕자들만 그 문으로 드나들 수 있었다. 이 절은 태국의 왕들이 잠시 동안 수계를 받는 곳이었다. 미국 청년이 말하는 곳에서는 불을 켜지 못하도록 되어 있었다. 그 절 전체에서 가장 신성한 그 건물의 열쇠를 가진 재가 신도도 없었다. 주지 스님조차도 그 절의 벽화에 대해서는 별로 아는 게 없었다.

그래서 주지 스님은 미국 청년에게 그 태국 노신사의 모습이 어떠했는지 물었다. 처음에 미국 청년은 그 신사가 요즘에는 볼 수 없는 태국 전통 정장을 입고 있었다는 말밖에는 할 수가 없었다. 그러고는 더 자세히 말해보라는 다그침을 듣고 고개를 들어 위를 쳐다보고는 놀라 주저앉을 뻔했다. 주지 스님 사무실 벽 위에 그 태국 노신사의 초상화가 걸려 있었던 것이다. 미국 청년이 소리쳤다.

"저 사람입니다! 제가 만난 분이 저 사람입니다."

그건 출라롱콘 왕이라고도 불리는 라마 5세 왕이었다. 그는 1910년 10월 23일에 세상을 떠났다.

그는 왕이었기 때문에 그 '왕의 문'을 들어갈 수 있었다. 그 왕의 가족들이 그 절의 주 후원자들이었으므로 벽화들을 자세히 알고 있었던 것이다. 지금은 분명히 천상의 존재인 선왕이 스님이 되고자 하는 목표를 이룰 수 있도록 한 청년을 도운 셈이었다.

–\–

계급이 있는 곳에는 어디나 자기보다 약한 사람을 고의적으로 겁주거나 박해하려는 사람들이 있기 마련이다. 학교 교정에도, 일터에도, 심지어는 절집에도 잘난 위인들이 있다. 다음의 일화처럼.

내가 스님 생활을 하던 첫해, 점심식사 후 땅바닥에 쪼그리고 앉아서 바리때와 퇴수통을 닦고 있는데 한 고참 스님이 내가 앉아 있는 곳까지 걸어와서는 못마땅하다는 표정을 지으며 위압적으로 소리쳤다.

"야, 브라마왐소! 너 그거 더러운 버릇이야. 바리때를 퇴수통 닦는 것하고 같은 천으로 닦으면 안 된단 말이야. 당장 그만두지 못해?"

신참 스님들은 고참 스님들에게 복종하도록 돼 있었지만 이건 너무 지나치다는 생각이 들었다. 그 고참 스님은 나를 겁주려 하고 있었다. 게다가 다른 스님들도 다 내가 하듯이 하고 있었던 것이다. 유독 나를 집어서 야단을 치는 건 불공평했다.

다행히 나는 잘난 체하는 위인에게 대처하는 법을 알고 있었다. 나는 조용히 그가 요구하는 대로 했다. 속이 부글부글 끓었지만 자제력을 최대한 발휘해서 입을 굳게 다문 채 걸레가 있는 곳으로 천천히 걸어가서, 하나를 집어들고는 더 느릿느릿 걸어서 내 자리로 돌아와 그 걸레로 퇴수통을 닦았다. 그러는 내내 나는 다른 많은 스님들의 눈이 나를 따라다니는 것을 느꼈다. 그러고는 그 잘난 위인을 올려다보았다. 다른 모든 스님들도 그를 쳐다봤다. 그의 얼굴이 소방차보다 더 새빨갛게 변하더니 곧 그 자리를 피했다. 그는 다시는 내게 그런 짓을 하지 못했다.

잘난 체하는 사람들은 그들이 당신보다 더 우월하다는 것을 보여주고 싶어 한다. 잘난 위인들을 어떻게 응대하는가에 따라서 누가 더 우월한지를 드러낼 수 있다.

절집 같은 영적 공동체에서는 위와 같은 방법이 여러 사람들 앞에서 일어났을 때에만 통한다. 사무실이나 학교, 사적인 장소에서 위의 방법대로 하면 당신이 아주 약하거나 제압할 만하다고 인식될 수도 있다. 그러므로 당신이 그 잘난 위인을 이기거나 맞설 수 없는 경우라면 그 잘난 위인의 상급자에게 고하는 게 낫지 않을까. 그렇게 이르는 것의 목적은 만약 당신이 그 사람보다 더 우월하지 못하다면, 지혜와 용기에 있어서는 최소한 그와 동급이라는 것을 입증하기 위한 것이어야 한다.

_9

대부분의 잘난 체하는 사람들은 시답잖은 자부심을 가지고 있다. 그들은 자신의 열등감을 다른 사람을 억압하는 것으로 보상받으려한다. 그들은 타인을 박해할 때 우월감을 느낀다.

부처님께서는 세 가지 형태의 자부심이 있다고 가르치셨다.

① 내가 남보다 더 낫다고 생각하는 자부심

② 내가 남보다 더 못하다고 생각하는 자부심

③ 내가 남과 같다고 생각하는 자부심

종종 '자부심'으로 인식되지 않는 두 번째 형태의 자부심이 잘난 체의 주원인이다. 우리가 서로에 대해 평가하는 것을 그만둘 수만 있다면 우리가 자신을 평가하는 짓을 멈출 수 있을 것이다. 결론을 말하자면 언어적으로든 육체적으로든 별로 잘난 체할 필요가 없다는 얘기다.

한 파티에서 잘 차려입은 손님 한 명이 주인에게 자신을 의사(doctor)라고 자랑스럽게 소개했다.

주인이 부드럽게 대답했다.

"저도 의사입니다. 저는 일반 진료를 하고 있습니다."

손님이 콧대를 세우며 말했다.

"일반 진료만요? 나는 신경외과의입니다. 일반 진료의는 뇌수술을 하기가 어렵지요."

그때 주인의 부인이 말했다.

"저도 의사인데요. 저는 '국경없는의사회'에서 일합니다. 육 개월 동안 중동전쟁 폐허지역에서 부상 아동들을 치료하다 이제 막 귀국했습니다. 극도로 위험한 일이었지만 누군가는 그 불쌍한 아이들을 도와야만 하니까요."

혼자 잘난 척하던 손님이 더 높이 콧대를 세우면서 말했다.

"자선사업이 하기 어려운 일인 것만은 틀림없습니다. 하지만 뇌수술이 훨씬 더 어렵다는 건 인정하셔야만 합니다."

주인의 아들이 끼어들었다.

"저도 박사(doctor)입니다. 저는 물리학 박사인데 나사(NASA)에서 우주 로켓 제작 일을 하고 있습니다. 의사 선생님, 로켓 과학이 뇌수술보다 훨씬 더 어렵다는 건 인정하셔야 합니다."

그러자 잘 차려입은 그 손님의 콧대와 자부심은 보기 좋게 납작해졌다.

⌃

당신이 건전한 자긍심을 가지고 있다면 '내가 너보단 잘났지' 게임을 할 필요가 없다. 당신을 과시할 필요는 없는 것이다. 건전한 자긍심은 완벽함의 진정한 의미를 깨달을 때 생겨난다.

한 여인이 완벽한 나무를 찾아서 숲 속을 걸었다. 그런데 눈에 보이는 것은 모두 구부러진 나무들, 가지가 잘려나간 나무들, 껍질이 벗겨진 나무들이었다. 그래서 그녀는 정부에서 관리하는 조림지역으로 향했다. 거기에는 모든 나무들이 줄과 열을 맞춰 완벽하게 정렬돼 있으면서 가지들도 완벽하게 제자리에 다 붙어 있고 곧게 뻗어 있었다.

그런데 조림지역에 들어서자 마음이 불편했다. 그녀는 곧 자연림의 손상된 나무들이 인공 조림지에 있는 그 '완벽한' 나무들보다 훨씬 더 아름답고 마음을 고요하게 만들어준다는 사실을 깨달았다. 그런 이유로 그녀는 소위 '온전치 못한' 사람들이 인공적인 사람들보다 훨씬 더 아름답다는 것도 깨달았다.

그녀는 옹이투성이의 구부러진 나무들만 있는 자연림에서 느꼈던 편안함만큼 자신에 대해서 편안함을 느끼기 시작했다. 그녀는 완벽함의 진정한 의미를 깨달았다. 그녀는 오래도록 '그만하면 됐어'라는 의지로 살았다. 그녀는 숲 속의 나무를 보고 그걸 깨우칠 수 있었다.

ᄀᄃ

우리는 생의 많은 부분을 어딘가로 떠났지만 아직 도착하지 않은 상태에서 보내게 된다. 이런 시간들은 당신 인생의 '사이 순간들 (자투리 시간)'이다. 한데 그런 순간들은 너무 자주 허비되고 만다.

내가 스님이 되기 전, 고등학교 선생님일 때 한 동료 교사가 훨씬 더 좋은 일자리에 지원했다고 고백했다. 좋은 자리는 확보됐지만 교직 계약 기간이 만료된 지금부터 그 꿈의 직장에 출근할 때까지 시간이 맞지 않아 육 개월을 기다려야만 한다고 말했다. 그는 자신의 삶에서 육 개월이란 시간을 다음 일을 기다리면서 보내야 한다는 것 때문에 놀랍고 괴롭다고 했다.

"새 일을 시작할 때까지 반년을 허비하기에는 내 인생이 너무 짧지만 내가 지금 그렇게 하고 있어!"

당신 인생의 얼마나 많은 부분이, 몇 날 몇 달이 다음에 일어날 일을 기다리면서 허비됐을까. 비행기 출발 시간, 퇴근 시간, 태어날 아기를 기다리는 시간 등등. 불행하게도 우리 생의 많은 부분이 그런 '사이 순간들'로 지나가버린다.

생의 꽤 많은 시간이 그렇게 허비된다는 것을 자각한다면 우리 사회에서 비극적인 '살생률'이 현저히 줄어들 것이다. 그렇게 많은 사람들이 하는 일 없이 시간 죽이는 짓, 킬링 타임을 하지 않게 될 것이기 때문이다.

대신에 그런 시간에 새로운 의미를 찾고, 교통 정체 때 긴장을 풀 수 있고, 열차 안에서 동료 통근자들과 이야기도 나누고, 우리 생의 그런 귀중한 '사이 순간들'에만 있을 수 있는 많은 재미있는 일들을 발견하게 될 것이다. 더 이상 목적지만 열심히 생각하지 않게 될 것이다.

오늘날에는 가만히 있는 사람을 찾기가 쉽지 않다. 사람들은 여기에 가만히 있지 못하고 항상 어딘가로 가고 있다. 그래서 나는 사람들을 '가고 있는 사람들'이라고 부른다. 우리는 그저 가만히 존재하는 법을 잊어버린 것이다.

어느 주말 내가 우리 절에서 행정 업무로 정신없을 때 내 오랜 도반(수행 친구)은 일이 어떻게 돼가냐고 물었다. 나는 대답했다.

"다 돼가고 있어."

도반이 재치 있게 물었다.

"지금 가고 있는 곳이 어딘데?"

나는 허둥대다가 그 말을 듣고 정신이 번쩍 들었다. 나는 겸연쩍게 웃으며 대답했다.

"자네가 날 제대로 구해줬네. 이렇게 허둥대다 보면 내가 곧 가게 될 곳은 오로지 황천뿐이겠군."

우리는 둘 다 웃었다.

당신이 그런 '가기만 하는 사람'이라면 자문해보아야 한다.

"내가 어디로 가고 있는 거지? 그럼 언제 도착하는 거야?"

내 경우로 말하자면, 나는 도착했다. 나는 여기에 도착했고, 나 자신을 '여기 가만히 있는 사람'이라고 부를 수 있다. '여기'는 아주 안락한 곳이다. 끊임없이 어딘가 다른 데로 가려고 하고, 여기에서 늘 뛰쳐나가려는 대신에, 누구나 여기 이곳으로 와서 한동안 머물기를 권한다.

이제는 내 도반들이 "어떻게 지내느냐?"고 물으면 "바로 여기 있네!"라고 대답한다.

— ⩘ —

근심은 모든 일이 잘못될 것이라는 생각을 가지고 미래를 보는 것이다. 그런 불필요한 걱정은 우리 현대사회에 널리 유행하고 있는 인식장애다. 그에 대한 처방은 모든 일이 잘될 거라고 생각하면서 미래를 보는 것이다. 그렇게 하면 성공 가능성이 실제로 증가한다. 그렇게 하는 것이 당신의 미래에 부정보다는 희망을 안겨준다. 그래서 강조한다.

"걱정하지 마세요. 희망을 가지세요."

먼 옛날, 지혜롭지만 이단적인 한 영적 지도자가 세상에는 두 가지 종교만 있다고 가르쳤다. 첫째는 믿음에 맞도록 진실을 굽히는 종교들. 둘째는 진실에 맞도록 믿음을 굽히는 종교들.

그는 아무리 소중하더라도 잘 입증된 사실들이 뒷받침해주지 못하면 언제라도 교리와 예식을 내버릴 준비가 돼 있는 두 번째 종교

신봉자였다.

그 지도자의 이런 행동이 전통주의자들 사이에 많은 적을 만들게 했다. 곧 그의 적들이 그를 때려잡을 수단을 찾았다. 그가 무수히 많은 대중설교를 했던 까닭에 적들이 손쉽게 진술들을 긁어모을 수 있었다. 물론 그가 한 설교의 맥락과는 동떨어지게 단편적인 진술들만 불리하게 짜맞춰가지고 그를 이단으로 고발했다. 재판에서 그는 유죄로 몰렸고 처벌은 사형이었다.

처벌 선고가 내려지자 그 영적 지도자는 한숨을 쉬었다.

"오, 저런, 안됐군! 재판장님의 부인께 아주 간편한 명상법을 가르쳐드리려고 했는데. 그러면 부인께서 다시는 재판장님과 다투지 않게 될 거였는데. 이제는 내가 부인을 고분고분해지게 가르칠 수 없게 됐어. 안타깝네!"

호기심이 발동한 판사가 물었다.

"당신은 내가 마누라하고 다투지 않을 수 있는 명상법을 알고 있단 말이오?"

"존경하는 재판장님, 저는 모든 종류의 명상을 다 알고 있습니다."

판사는 곰곰이 생각했다.

"좋소. 내 마누라가 나하고 다투지 않게 가르칠 수 있도록 내가 열두 달 집행유예를 내려주겠소. 하지만 마누라가 일 년 후에도 여전히 덤비면 난 당신의 사형 집행에 친히 참석할 것이오. 휴정을 선언합니다."

그 정신적 지도자가 열두 달간 자유의 몸이 되어 법정을 나서자 제자들은 마누라가 남편과 다투지 않게 만드는 강력한 방법이 무엇인지 스승에게 물었다.

그 영적 지도자는 대답했다.

"나도 몰라. 그런 방법은 아직 찾지 못했네. 하지만 반드시 찾고야 말겠네. 여하튼 내년에 무슨 일이 일어날지 누가 알겠나? 판사 부인이 죽을 수도 있고, 그러면 그녀가 판사하고 다투는 일도 끝나겠지. 하하. 아니면 나 자신이 자연사할 수도 있겠고. 아무튼 난 이제 열두 달은 자유의 몸일세. 그 말을 기억하시게나."

걱정하지 마세요. 희망을 가지세요.

_9

부유한 여인이 어느 날 저녁 명상수업에 참석하기 위해 집을 나섰다. 그녀는 집을 나서면서 자신이 사는 맨션의 정문 경비원에게 정신을 잘 차리고 있으라고 말했다. 이웃집들이 도둑을 맞았기 때문에 그녀는 경비원에게 근무 시간 내내 마음을 챙기라고 했던 것이다.

집에 돌아와보니 그녀의 맨션이 도둑을 맞아 엉망진창이 되어 있었다. 그녀는 경비원을 나무랐다.

"내가 도둑놈들 때문에 마음을 단단히 챙기라고 했잖아요. 우리 집이 도둑맞았다고요."

경비원이 대답했다.

"하지만 저는 마음을 챙기고 있었는데요, 사모님. 저는 도둑들이 댁의 맨션에 들어가는 걸 보았고 면밀히 관찰했습니다. '도둑이 들어가고 있음. 도둑이 들어가고 있음.' 그리고는 그들이 사모님 댁의 보석을 몽땅 가지고 나오는 걸 보고는 마음을 단단히 챙기며 면밀히 관찰했습니다. '보석을 훔쳐가고 있음. 보석을 훔쳐가고 있음.' 그리고 그들이 다시 들어가서 금고를 꺼내가는 걸 보고는 다시 마음을 단단히 챙기면서 면밀히 관찰했습니다. '금고가 도둑맞고 있음. 금고가 도둑맞고 있음.' 저는 마음을 단단히 챙기고 있었습니다, 사모님."

말할 것도 없이, 마음이 대상을 정확히 챙기는 것만으로는 충분하지 않다. 우리는 어느 정도의 친절을 보태야 한다. 그 경비원은 자신의 고용인에게 친절해야만 했다. 경찰에 알려야만 했던 것이다. 우리가 '마음 챙기기'에 친절을 보태면 '친절 챙기기'가 된다.

몇 해 전에 나는 식중독에 걸린 적이 있다. 우리 스님들은 재가 신도들이 매일 공양하는 탁발 음식을 먹고 산다. 우리는 스스로가 무슨 음식을 먹는지 전혀 모른다. 그래서 가끔은 위장이 아우성치는 무엇인가를 입에 털어넣기도 한다. 그런 우발적인 배앓이는 스님들에게는 직업적인 위험이다. 하지만 그때는 소화불량보다 상황이 아주 좋지 않았다. 그때는 견딜 수 없는 통증과 경련을 동반한 식중독이었다.

병원에 가는 대신에 나는 친절 챙기기를 했다. 뭘 좀 아는 스님은 그렇게 한다. 나는 고통에서 벗어나려 애쓰는 자연적인 경향대로 따라가지 않고 내가 할 수 있는 한 최대로 통증을 느꼈다. 이것은 '마음 챙기기'다. 매 순간의 통증에 반응하지 않으면서 가능한 한 분명하게 마음으로 그 느낌을 경험하는 것이다. 거기다 나는 친절함을 보탰다. 내 마음의 문을 고통에게 열어줬다. 고통을 따뜻한 감정으로 대해주면서, 고통을 마음으로 정확하게 알아차리면 나에게 그에 대한 응답을 주었다. 나는 그 친절이 내 장기들을 편안하게 해주고 고통이 약간 덜해지는 것을 분명히 느꼈다. 그래서 친절 챙기기를, 고통을 따뜻한 감정으로 대해주는 것을 지속했다. 친절이 소화계를 완화시키는 역할을 하면서 조금씩 통증이 가라앉았다. 단 이십 분 만에 통증이 완전히 가셨다. 언제 식중독에 걸렸느냐는 듯이 건강하고 편안해졌다.

내가 겪었던 건 극렬한 식중독이었다. 그 위를 잡아뜯는 경련은 나를 두 배나 더 고통스럽게 했다. 하지만 극진한 친절 챙기기로 극복했다. 식중독의 원인인 박테리아한테 무슨 일이 일어났는지는 나도 모르지만 박테리아에 대한 걱정은 하지 않았다. 통증이 완전히 사라졌다. 하지만 이건 내 개인적인 경험일 뿐이다.

'친절 챙기기'가 완화의 원인이었다. '친절 챙기기'는 몸을 편하게 해주고 마음과 세상을 편안하게 해준다. '친절 챙기기'는 치유가 되게 해준다. 그러니 마음으로 대상을 정확히 챙기기만 하지 말고 대상에 친절해져야 한다.

⌄

토마스(가명)는 공부를 더 하기 위해 독일로 귀국하기 전, 호주의 우리 사원에서 여러 달을 명상하면서 보냈다. 그는 20유로의 돈이 절실히 필요했을 때 친절 챙기기가 어떻게 자신에게 그 돈을 만들어주었는지를 내게 설명했다.

그가 독일 대학 캠퍼스에 발을 들여놓은 첫날 현금 자동인출기를 지나갈 때 그 기계가 이상한 소리를 냈다. 일종의 꾸르륵거리는 소리였다고 내게 묘사했다. 그는 그 현금 자동인출기가 자신이 캠퍼스에 발을 들여놓은 걸 반기고 있다고 생각했다.

그날 이후로, 토마스는 그 기계를 지나칠 때마다 그의 친구 자동인출기에게 자비로운 생각을 반복해서 보냈다. '너의 은행 잔고가 동나는 일이 절대로 없기를' '고객들이 자기들 통장에 잔고가 없는 걸 알았을 때 너를 두들기는 일이 절대로 없기를' '네가 방전돼 고

생하는 일이 절대로 없기를' 등등이었다.

몇 달 후, 토마스는 그의 친구 자동인출기 근처에서 따스한 햇살을 받으며 점심을 먹다가 그 친근한 꾸르륵거리는 소리를 다시 들었다. 그가 자세히 살펴보니 20유로 지폐가 그 기계에서 나오고 있었다.

그는 적어도 십오 분 동안을 자동인출기 옆에 있었는데 그 기계 근처에 온 사람은 아무도 없었다. 자동인출기는 그저 혼자 지폐를 토해낸 것이었다. 토마스는 기계로 가서 그 지폐를 꺼내, 누군가가 자기 돈이라고 나서는지 보려고, 하늘에 대고 흔들었다. 아무도 나서지 않았다. 그 가난한 학생 토마스는 다정한 자동인출기에게 "고마워."라고 하고는 현찰을 주머니에 집어넣었다.

나는 토마스에게 그 이야기가 사실이냐고 여러 번 되풀이해 캐물었다. 그가 하도 여러 번 사실이라고 결연히 단언하는 바람에 이제는 그의 말을 믿는다. 그러니 자동인출기들에게 친절해야 한다. 누가 알겠는가. 어느 날, 그 기계들이 당신에게 친절을 베풀지!

ㄱㄷ

요즘에는 많은 사람들이 명상 수련을 한다. 그들이 겪는 가장 큰 문제는 그들의 마음을 계속 고요히 멈춰 있게 유지할 수 없다는 것이다. 아무리 열심히 노력해도 계속 떠오르는 생각을 멈출 수가 없다. 왜 그럴까?

어느 날 오후 한 여인이 걸려온 전화를 받았다.

"안녕하세요? 저는 지광입니다. 오늘 오후에 커피 한잔 할 시간을 낼 수 있으세요?"

여인이 대답했다.

"그럼요."

지광도 말을 이었다.

"좋습니다. 우리는 당신이 선호하는 커피숍이 아니라 내가 좋아하는 커피숍으로 갈 겁니다. 내가 알기로 당신이 좋아한다는 콜레스테롤투성이 라테류 커피가 아닌, 저(低)콜레스테롤 블랙커피를 드셔야 합니다. 당신이 그 저급한 비스킷을 자주 먹는 걸 보았는데 그건 안 되고, 나처럼 블루베리 머핀을 드셔야 합니다. 당신이 항상 가는 바깥 길가는 안 되고, 내가 앉고 싶은 실내의 조용한 구석자리에 앉을 겁니다. 그러고 나면 당신이 항상 트위터링 하는 영적인 주제의 찧고 쌓고가 아니라, 내가 이야기하고 싶은 정치를 논의할 겁니다. 마지막으로 우리는 오십 분이나 칠십 분이 아닌, 내가 머무르고 싶은 시간인 딱 한 시간, 육십 분만 머무를 겁니다."

여인은 얼른 생각해보고 대답을 했다.

"음! 방금 생각이 났는데 내가 오늘 오후에는 치과에 약속이 있군요. 미안합니다. 지광, 시간을 못 내겠네요."

당신이라면 당신에게 어디로 갈지, 무얼 먹고 마실지, 어디에 앉을지, 무슨 얘기를 나눌지를 미리부터 떠벌리는 사람하고 커피 마시러 나가고 싶겠는가? 절대로 그러지 않을 것이다. 그리고 당신이 아직 그 사람의 정체를 모른다면 가르쳐드리겠다. 그 사람 이름 지광은 '지배광(支配狂)'을 뜻한다.

이 이야기를 명상하는 사람과 비교해보자.

"마음아, 잘 들어! 우린 이제 명상을 할 거야. 네가 가고 싶은 곳을 헤매고 다니면 안 되고, 내가 하고 싶은 대로 호흡 지켜보기를 해야 해. 바깥 길거리가 아닌, 내가 하고 싶은 대로, 코끝에 네 지식을 붙들어 매야 해. 그리고 더도 아니고 덜도 아닌 딱 육십 분간만 거기 앉아 있어야 해."

당신이 당신의 마음을 노예 취급하는 '지배광' 노릇을 하면 당연히 당신의 마음은 언제나 당신을 떠나려고 애쓰게 된다. 마음은 쓸데없는 기억들을 생각하고, 절대로 안 일어날 일을 계획하고, 공상에 잠기거나 잠들어버리게 할 것이다. 당신으로부터 벗어날 짓은 무엇이든지 할 거란 말이다. 그게 당신이 계속 고요히 멈춰 있을 수 없는 이유다.

같은 여인이 전화를 받았다.

"안녕하세요! 저는 친광입니다. 오늘 오후에 커피 한잔 하러 가

실래요? 어디로 가고 싶으세요? 무얼 마시고, 무얼 드시고 싶으세요? 당신이 좋아하는 자리에 앉아서 당신이 좋아하는 주제에 대해 이야기하고, 당신이 머물고 싶은 만큼 머무릅시다."

여인은 대답한다.

"실은 제가 오늘 오후에 치과 약속이 있어요. 가만있어봐요. 치과 걱정은 마세요. 당신하고 커피 마시러 갈게요."

그러고는 둘이 함께 정말 느긋하고 유쾌한 시간을 갖는 바람에 예상했던 시간보다 한참을 더 머물렀다. 친광은 '친절 챙기기의 광(狂)'을 뜻한다.

당신이 자신의 마음을 제일 친한 친구처럼 대하면서 명상하면, "헤이 친구! 지금 명상하고 싶어? 무얼 지켜보고 싶어? 어떻게 앉고 싶어? 얼마나 오래할 건지 말해줘." 등등의 말이 나온다. 당신이 마음을 친절 챙기기로 대하면 마음은 어디에도 나돌아다니려 하지 않는다. 당신과 함께 있는 걸 좋아한다. 둘은 느긋하게 당신이 예상했던 것보다 훨씬 더 오래 함께 지낼 수 있다.

❧

학생 시절 여름방학 때 스코틀랜드 북부의 황량한 산악지대에서 보낸 적이 몇 번 있었다. 구름 한 점 없는 어느 날, 그 지역 호스텔의 관리인과 함께 인근의 한 산봉우리로 걸어올라갔다. 그 봉우리 정상에서 보는 경치는 숨이 넘어갈 정도로 장관이었다.

젊고 활기찬 내가 다음 산봉우리까지 계속 가보자고 하자 나이 든 호스텔 관리인은 자기는 그만하면 족하다고 했다. 혼자 가보라는 것이다. 그건 나를 하마터면 죽게 만들 수도 있는 약간은 경솔한 권고였다.

두 번째 산을 반쯤 올라갔을 때 구름이 하나둘 몰려들었다. 정상 부근에 다다르고 나니 구름이 놀라울 만큼 빠르게 내리덮여서 나는 갑자기 짙은 안개 속에 갇히고 말았다. 채 1미터 앞도 내다볼 수 없었다.

나는 영국 방문객들이 나처럼 낮에 안개 속에 갇혀서 길을 잃었었다는 이야기를 들은 적이 있다. 나는 그 말을 대수롭지 않게 넘겨버렸었다. 방향감각이 꽤 괜찮았던 나는 곧바로 뒤로 돌아 내가 왔던 길을 되돌아갔다.

가시거리 60센티미터 앞만 겨우 보면서 조심스럽게 걷던 중 내 앞의 땅바닥이 꺼져 있는 걸 발견하고 깜짝 놀랐다. 수직 절벽 60센티미터 이내까지 접근했던 것이다. 한 발짝만 더 내디뎠으면 틀림없이 떨어져 죽었을 것이었다. 나중에 지도를 보고 알았는데 그건 그 지역의 유일한 절벽이었고 높이가 30미터가 넘었다. 나는 내가 가고 있다고 생각하는 방향의 정반대 쪽으로 가고 있었던 것이다. 내 방향감각이 그 정도였다.

나는 위험한 황무지에서 낮 동안 줄곧 계속될 안개 속에 길을 잃은 걸 깨달았다. 걱정이 되기 시작했다. 다행스럽게도 나는 대학에서 물리학을 공부하고 있었다. 나는 그때 물은 위에서 아래로 흐른다는 자명한 사실을 확인해주는 아인슈타인의 일반상대성이론이 생각났다. 그래서 작은 개울을 찾아내고는 그걸 따라 내려가 더 큰 물줄기를 만났다. 그 물줄기를 따라 산을 내려와 안개 속에서 벗어났다. 그때부터는 방향을 가늠할 물표들을 볼 수 있었고 안전하게 호스텔로 돌아왔다.

나는 이 경험담을 구도자들의 영적 수행의 길안내에 사용한다. 우리는 모두 무지(無知)라는 안개 속에 갇힌 채 출발한다. 스님들, 도사들, 스승들, 안내인들 모두 따라갈 길을 말해주지만 전부 제각각 다른 말들을 한다. 그들의 조언은 아주 헷갈린다.

그래서 나는 옳은 방향으로 가고 있다는 걸 당신이 알고 따라갈 수 있는 그 무엇, 물줄기를 찾을 것을 제의한다. 그 물줄기는 당신을 가두고 있는 무지라는 안개 속에서 당신을 그 밑으로 인도해가서 어느 길로 가면 더 멀리 나아갈지를 혼자 힘으로 알게 해줄 것이다.

그 물줄기는 덕행, 평화, 연민이다.

당신이 어떤 종교를 믿든, 종교가 없든 이 세 가지 덕목이 당신을 진리로 이끌어줄 것이다. 그 덕목들을 따르길 바란다. 그리고 친절 챙기기의 물줄기가 더 넓어지고 깊어지는 걸 경험하길 바란다. 곧 그 경험이 당신을 무지라는 안개 너머의 혼자 힘으로 알 수 있는 곳으로 인도해갈 것이다. 거기서 집으로 가는 길을 찾아내면 된다.

물소가 놀라 뛰쳐나가는데 붙잡으려고 애쓰는 것은
어리석은 짓이다. 놓아버려야 한다. 물소는 고작 몇백
미터 뛰어가다가 제풀에 서게 마련이다. 너무나 많은
사람들이 놓아버려야 할 것들을 놓지 않으려 애쓴다.
그 결과 너무나 많은 사람들이 손가락을 잃어버린다.

놓아버리지 못할 때 일어나는 일

"스티브한테 이젠 떠나도 괜찮다고 허락했나요?"

제니는 나한테는 아무 대답도 하지 못하고

스티브가 누워 있는 침대 위로 기어올라가더니

가냘프고 야윈 남편을 부드럽게 팔로 감싸고는

정말 사랑한다고 말했다.

"스티브, 허락할게. 괜찮아. 떠나도 괜찮아."

두 사람은 끌어안고 울었다.

스티브는 이틀째 되는 날 세상을 떠났다.

사람들은 저마다 사진 앨범을 가지고 있다. 앨범에는 가장 행복했던 순간의 사진들을 보관하게 마련이다.

아주 젊었을 때 해변에서 놀던 사진도 있을 수 있고, 졸업식 날 대견해하던 부모님과 함께 찍은 사진도 있을 수 있다. 결혼식 날, 신랑 신부의 사랑을 확인시켜줄 사진뿐만 아니라 분위기가 최고로 좋은 순간에 찍은 사진들도 있을 것이다. 휴일에 찍은 스냅 사진들도 있을 것이다.

그러나 살면서 불쾌했던 순간의 사진들은 당신의 앨범 속에 한 장도 없다. 당신이 학교 교장실 밖에서 벌서던 사진도 없다. 밤늦게까지 시험 공부하던 사진도 없다. 내가 아는 사람들 중에 이혼 사진이나 중병으로 입원실 침대에 누워 있을 때 찍은 사진, 그리고 월요일 아침에 교통 정체에 갇혀 있는 모습을 찍은 사진을 가지고 있는 사람은 하나도 없다. 그런 우울한 사진들은 어느 누구의 앨범 속에도 들어갈 리가 없다.

우리의 머릿속에는 기억이라고 하는 또 하나의 '사진 앨범'이 존 재한다. 우리는 이 앨범 속에 부정적인 사진들을 너무나도 많이 담 아둔다. 그 속에서 당신은 치욕스럽게 언쟁을 하던 장면의 수많은 스냅사진들, 어이없이 배신당했던 수많은 사건의 사진들, 아주 모 욕적인 대접을 받았던 경우의 사진 몇 장을 발견한다. 그 앨범 속 에는 행복했던 순간들의 사진은 놀라울 정도로 찾을 수 없다. 이건 말도 안 되는 일이다.

따라서 우리는 머릿속의 사진 앨범을 정화할 필요가 있다. 시시 하고 진부한 기억들은 끄집어내고 털어버리거나 삭제하자. 그 사 진들은 이 앨범 속에 있을 게 아니기 때문이다. 그 쓸데없는 사진 들이 차지하던 자리에 당신의 진짜 앨범 속에 들어 있는 사진 같은 종류의 기억들을 집어넣어야 한다. 당신의 배우자와 함께 만든 행 복, 예기치 않게 받았으나 진실한 호의로 느꼈던 행복, 구름이 걷 히고 태양이 눈부시게 빛날 때의 행복을 붙여넣어야 한다. 당신의 기억 속에 그런 사진들을 보관해야 한다. 그러면 가끔 시간이 날 때 기억의 사진첩을 넘기면서 미소 짓거나 소리 내어 웃고 있는 당 신을 발견하게 될 것이다.

ㅅ

당신은 과거의 나쁜 기억들을 어떻게 지워버릴 것인가.

오래전, 태국의 오전 자선행사에서 돌아오던 길에 스승이신 아잔 차 스님께서 길가에 있던 막대기를 집어들고는 물으셨다.

"이 막대기는 얼마나 무거울까?"

아잔 차 스님은 누가 대답하기도 전에 그 막대기를 숲으로 던지고는 말씀하셨다.

"막대기는 너희들이 들고 있을 때만 무겁다. 그걸 던져버리고 나면 무거움은 사라진다."

나는 이 가르침을 응용하여 내 제자들에게 기억나는 대로 골치아프거나 나쁜 기억들을 모두 종이 한 장에 써넣으라고 했다. 그러고는 막대기를 하나 가져다가 그 종이를 막대기 한쪽 끝에 싸맨 후 고무밴드나 테이프로 묶으라고 했다. 다음에는 숲 속 외진 곳을 찾아가서 그 막대기를 손에 쥐고 종이에 적힌 나쁜 기억들의 무게를 모두 느껴보라고 했다. 그리고 마음의 준비가 끝나면 있는 힘껏 최대한 멀리 그 막대기를 던져버리라고 했다.

나쁜 기억들을 없애버리기 위해서는 먼저 그것들을 머릿속에 떠올려야만 한다. 솔직하게 다 기억해내야만 한다. 그리고 나서 그 기억들을 종이 위에 적어야 한다. 다음에는 그 기억들을 없애버린다는 의미를 살리기 위해서 약간의 물리적인 행위나 예식을 치러야 한다. '나는 이제 이 모든 것을 지워버릴 거야.'라고 생각만 해서는 효과가 없다. 그래서 우리는 '막대기 예식'을 치르는 것이다.

나쁜 기억을 적은 종이를 막대기에 감싸는 것, 나쁜 것들을 던져버릴 목적으로 숲 속으로 걸어들어가는 것, 손아귀에 쥔 막대기의 무게를 느끼는 것, 그 모든 것을 해내고서 막대기를 최대한 멀리 던져버리는 것, 이러한 예식 단계와 순간순간은 나름 의도가 숨어 있는 것이다. 그 예식과 단계들은 마음속에서 놓아버리기를 가능하게 해준다. 분명 효과가 있다. 이를 실천했다면 당신은 나쁜 기억의 삭제 버튼을 누른 셈이다.

그런데 문제가 생겼다. 내가 숲 속을 더럽히고 있다고 누군가가 내게 책임을 져야 한다며 불평을 늘어놓았다. 내가 환경을 훼손하는 데 한몫하고 있다는 것이었다. 그래서 나는 전술을 바꿨다. 나쁜 기억들을 종이 한 장에 모두 적는 것은 예전과 같다. 제일 먼저 나쁜 기억들을 애서 떠올린다. 이때 나쁜 기억들에 대한 가장 적합한 재질의 특수용지를 사용할 필요가 있다. 나쁜 기억들을 두루마리 화장지 위에 다 쓰는 것이다. 다 썼으면 화장실로 가져가서 변기 속 구린내 나는 그것 위에 올려놓는다. 무엇을 망설이는가. 물 내리기 버튼을 눌러라.

한 여스님이 동굴에 기거하면서 최소한의 것만 소유하며 아주 단출하게 살림을 꾸려나갔다. 스님은 매일 아침 바리때를 들고 가까운 근처 마을로 하루 한 끼 식사로 족한 정도의 음식을 탁발하러 갔다. 스님은 명상도 하고, 공부도 하고, 또 마을사람들 누구한테나 스님이 알고 있는 걸 가르쳐주느라 바쁜 시간을 보내야만 했다.

어느 날 아침, 스님이 탁발해서 돌아와보니 생쥐 한 마리가 스님의 가사를 쏠아서 구멍을 뚫어놓았다. 스님은 작은 헝겊 조각을 찾아서는 조그맣게 잘라 가사 위에 놓고 꿰매 붙였다. 가사를 꿰매면서 스님은 고양이가 한 마리 있으면 쥐도 없을 테고 옷을 꿰매는 시간도 이렇게 많이 허비하지는 않을 텐데 하고 생각했다.

스님이 다음 날 아침, 마을사람들한테 고양이를 구할 수 없겠느냐고 부탁하자 마을사람들은 얌전하고 스님의 가사 색깔에도 잘 어울리는 갈색 고양이 한 마리를 구해주었다.

고양이에게는 우유와 생선이 필요했기에 스님은 매일 아침 이 추가품목들을 마을사람들에게 부탁해야만 했다. 어느 날 아침, 스님은 자신 소유의 젖소가 있다면 계속해서 우유를 부탁할 필요가 없을 텐데, 라고 생각했다. 그래서 스님은 부유한 후원자들 중의 한 사람에게 젖소 한 마리를 부탁했다.

스님은 가사를 쏠아대는 생쥐를 쫓아주는 고양이가 생겼고, 그 고양이에게 줄 음식을 공급해주는 젖소를 갖게 되자 이번에는 젖소에게 먹일 풀을 얻어야만 했다. 다시 며칠 후, 스님은 자기 소유의 풀밭이 있으면 매일 풀을 얻으려고 가난한 마을사람들을 괴롭힐 필요가 없을 텐데, 라는 생각을 했다. 그래서 스님은 젖소를 위해 인근 목초지를 살 모금 행사를 벌였다.

그러나 매일 아침 젖소를 붙들고서 젖을 짜는 게 보통 일이 아니었다. 그래서 스님은 자신을 위해서 이런 잡일을 해줄 젊은 시종으로 남자아이가 하나 있으면 좋겠다는 생각을 하기에 이르렀다. 보답으로 스님은 정신적인 지도와 법문을 해줄 생각이었다. 마을사람들이 정신적인 지도가 절실히 필요한 어느 가난한 집 소년을 하나 선발했다.

이제 스님은 매일 아침 두 배의 음식을 탁발해야만 했다. 그맘때 소년은 많이 먹으니까. 게다가 소년이 가까이에서 기거할 작은 헛간이 필요하게 되었다. 소년이 동굴에서 스님과 함께 자는 것은 계율을 위반하는 게 되니까. 그래서 스님은 마을사람들에게 소년을 위한 헛간을 하나 지어달라고 부탁했다.

이때쯤 스님은 마을사람들이 자신을 피하고 있다는 걸 알기 시작했다. 마을사람들은 스님이 무언가를 더 부탁하는 게 두려웠다. 심지어 사람들은 갈색 소가 멀리서 나타나면 그 스님이라고 생각하고는 지레 겁먹고 달아나거나 빗장으로 문을 꼭꼭 걸어잠그고 창문 커튼마저 치고 집에 숨기조차 했다.

그 무렵 마을사람 한 명이 명상에 관한 질문을 하러 찾아왔는데 스님은 이렇게 말했다.

"미안해요. 너무 바빠서 지금은 안 되겠어요. 내 가사를 꿰맬 필요가 없게 해주는 갈색 고양이를 위해, 그리고 고양이가 먹을 우유를 공급하는 젖소를 위해, 젖소가 먹을 풀밭을 돌봐줄 소년을 위해, 더군다나 지금 짓고 있는 소년의 헛간을 점검해야만 돼요."

스님은 그제야 자신이 무슨 말을 하고 있는지 알아차렸다. 이 모든 것이 물질주의의 발단이었다.

스님은 마을사람들에게 부탁하여 헛간을 허물었고, 소년은 집으로 돌려보냈으며, 젖소와 풀밭을 돌려주었을 뿐만 아니라 고양이에게는 인심 좋은 가정집을 하나 찾아주었다.

며칠 뒤 스님은 동굴에 기거하면서 최소한의 것만 소유하던 자신의 단출한 삶으로 돌아왔다. 그러고 며칠이 지나 그날의 한 끼 식사로 족한 탁발 음식을 가지고 마을에서 돌아온 스님은 생쥐가 자신의 가사에 또 구멍을 뚫어놓은 것을 발견했다. 스님은 행복한 미소를 지으며 조그만 천 조각을 가사에 꿰매 붙였다.

내가 히말라야산맥의 풍경을 담은 사진을 처음 본 것은 런던 소재 학교에 다니고 있을 때였다. 히말라야산맥은 정말 광대하고 때 묻지 않고 매혹적이어서 언젠가 한번 그곳에 꼭 가봐야겠다고 다짐했다.

1973년 여름, 대학을 마치고 학교 교사 생활을 시작하기 전이었던 나는 인도와 그 멋들어진 히말라야산맥을 여행하기 위해 런던의 빅토리아 역을 출발했다.

이 주 후, 나는 인도에 머물고 있었는데 하루도 빠지지 않고 비가 내렸다. 여행을 준비하면서 미리 체크했더라면 이때 인도는 몬순 계절에 해당한다는 것을 알 수 있었을 텐데 무척 아쉬웠다.

카트만두까지 한참 멀리 북쪽으로 올라가봐도 비구름밖에 보이지 않았고 히말라야산맥은 전혀 볼 수가 없었다. 결국 나는 세상에서 가장 웅장한 산맥을 구경한다는 희망을 접어야만 했다. 그나마 그 이국적인 나라에는 그것 말고도 경험해볼 일들이 많은 것이 다행한 일이었다.

카트만두에서 머물던 어느 날 미국인 부부가 내게 정보를 주었다. 북쪽으로 티베트 국경까지 가는 우편물 수송 차량이 있는데 몇 루피만 주면 여행객들을 태워다 준다는 것이었다. 매력 있는 여행이라서 다음 날 아침 일찍 북쪽으로 가는 우편 밴에 올라탔다.

운전기사는 오후 한 시쯤 점심식사를 하기 위해 한 작은 산간 마을에서 우편 밴을 세웠다. 미국인 부부는 운전기사가 식사하는 동안 근처의 작은 언덕에라도 올라가보자고 제안했다. 십오 분 정도가 지난 뒤 언덕 위에 도착했을 때는 북쪽의 구름이 걷혀 있었다. 비로 깨끗해진 맑은 공기를 마시면서 처음으로 광대한 히말라야를 볼 수 있었다. 그 경치는 언덕을 올라가는 것보다 더 숨 막히게 아름다웠다.

나는 그때 애석하게도 사진기를 우편 밴에 놔두고 왔었다. 얼른 언덕을 달려내려가 사진기를 챙겨들고는 최대한 빨리 허둥지둥 언덕을 달려서 올랐다. 그런데 정말 낭패가 아닐 수 없었다. 과장이 아니라 내가 언덕 꼭대기에 도착하자마자 구름이 덮여버렸다. 그래서 나는 히말라야산맥을 다시 볼 수 없었다. 감동적인 경치를 즐기면서 그대로 앉아 있던 미국인 부부가 나를 돌아보며 어디 갔었느냐고 물었다. 더 속상했던 것은 그들은 내가 못 본 걸 보았던 것이었다.

바보가 된 느낌이었다. 사진기를 가져오느라고 기막힌 경치를 놓친 것이었다. 하지만 그때 나는 어떤 순간을 사진이나 메모로 남기려고만 애쓴다면 그 순간은 종종 달아나버리고 그 경이로움마저 모두 놓치고 만다는 것을 배웠다.

우리 인생의 아름다운 순간들은 장엄한 히말라야처럼 경험하기 위한 것이지, 사진기에 가둬두기 위한 것은 아니다. 경험한 순간들은 어떻게 해도 잊히지 않는 법이다. 그런데 왜 사람들은 그런 순간들을 사진으로만 남기려고 하는 것일까?

−ゝ−

고대시대에는 원숭이 잡기가 어렵지 않았다. 사냥꾼은 그저 숲 속으로 들어가 돌아다니다가 잘 익은 코코넛을 찾아내서 원숭이 손하고 똑같은 크기의 구멍을 뚫는다. 그런 다음 달콤한 단물은 마시고 부드러운 과육은 먹어치우면 된다.

코코넛을 먹고 나서는 속 빈 코코넛을 굵은 줄이나 가죽끈으로 나무에 동여맨다. 그리고 마지막으로 코코넛 속에다 바나나를 넣어두면 그걸로 끝. 사냥꾼은 그길로 집으로 가면 된다.

원숭이는 틀림없이 빈 코코넛 속에 바나나가 들어 있는 것을 발견하고는 그것을 끄집어내려고 애를 쓴다. 하지만 구멍은 딱 원숭이의 손을 집어넣을 만큼의 크기다. 손으로 바나나를 움켜쥐면 원숭이는 주먹을 빼낼 수 없게 된다.

원숭이는 사냥꾼이 돌아올 때까지 바나나를 움켜쥔 주먹을 빼내려고 몸부림치고 있게 마련이다. 사냥꾼을 보면 주먹과 바나나 모두를 빼내려고 더 심하게 애를 쓴다.

원숭이가 도망치기 위해서 할 일은 바나나를 놓아버리는 것이다. 그러면 손을 빼내고 도망칠 수 있다. 하지만 원숭이가 그럴 수 있을까. 절대로 놓지 않는다. 원숭이는 고집스럽게 생각한다.

'이건 내 바나나야. 내가 발견했어. 내 것이란 말이야.'

때문에 원숭이들은 매번 잡히고 만다.

사람도 마찬가지다. 예를 들어, 당신의 아이가 세상을 떠났다면 깊은 슬픔에 빠질 것이다. 언제나 그 아이를 생각하고, 잠도 잘 수 없으며 일도 할 수 없게 된다. 하지만 당신이 할 일은 바나나를 놓아버리는 것이다. 그러면 심하게 고통받지 않고 당신의 삶 속으로 되돌아갈 수 있다.

하지만 당신은 놓아버릴 수 없을 것이다. 당신은 오로지 '그 애는 내 아들이야. 내가 낳았어. 걔는 내 거야.'라고만 생각하기 때문이다.

산모들은 갓 태어난 아이의 눈을 처음으로 들여다보는 순간 그 아이가 오직 부모의 몸에 의해서만 만들어진 존재가 아니라, 아이만의 과거와 개체성을 가지고 우리가 모르는 어딘가에서 온 방문객이라는 걸 알겠더라고 내게 말하곤 한다. 방문객이 이제 자신의 삶으로 들어온 것뿐이라는 걸 직관적으로 느끼겠더라고. 보살피고 기르고 사랑하는 것은 부모의 몫이지만 소유할 수 없는 게 자식이다.

불행하게도 부모들은 얼마 지나지 않아서 이것을 잊어버리고 아이들을 소유하려 애쓴다. 그래서 아이를 놓아버려야 할 때가 됐는데도 그렇게 하지 못한다. 설사 그 사람이 당신의 아이가 아니더라도, 한 사람이 다른 사람을 절대로 소유할 수 없다는 걸 기억하기만 한다면 원숭이처럼 붙들려서 슬픔으로 고통 받지 않아도 될 것이다.

누군가를 사랑하는 것은 어느 날 그를 놓아버려야 하는 것과 다를 게 없다.

_૭

우리는 종종 누군가를 떠나보낼 때 다시는 돌아오지 않을까 봐 두려워한다. 그러나 반대의 경우도 가끔 있다.

당신이 새를 늘 새장에 가둬놓고 산다고 치자. 그런데 어느 날 실수로 새장 문을 열어뒀다면 새는 날아가버리고 다시는 돌아오지 않을 것이다. 반대로 당신이 새장 문을 늘 열어놓고 사는데, 새장이 안락하고 항상 좋은 음식으로 넘친다면 새가 날아가기는 하지만 매번 돌아올 것이다.

호주의 한 불교도 엄마가 내게 들려준 얘기다. 어느 날 오후 여섯 살 난 아들이 엄마에게 잔뜩 화가 나서 정색을 하고 선언했다.

"엄마, 난 이제 더 이상 엄마를 사랑하지 않아. 집을 나갈래!"

엄마가 대답했다.

"그래, 내 아들. 짐 싸는 거 도와줄게."

엄마는 꼬마 아들의 침실로 함께 가서 곰 인형 같은 필요한 물건들을 아들의 조그만 옷가방에 넣는 걸 도와주었다. 엄마는 옷가방을 싸고 나서 여섯 살 아들이 집 나가 배고프지 말라고 좋아하는 샌드위치를 만들어 갈색 가방에 넣어주었다.

엄마는 현관 앞에 서서 아들에게 손을 흔들어주었다.

"잘 가, 아들! 연락하고 다니는 것 잊지 마!"

그 어린아이는 한 손에는 옷가방을, 다른 손에는 샌드위치 가방을 들고 작은 정원을 지나 대문을 연 뒤 왼쪽으로 꺾어서 그의 미래를 향해 걸어나갔다.

그런데 50미터도 채 못 가서 여섯 살 난 꼬마는 집이 그리워졌다. 녀석은 뒤로 돌아서더니 집 대문으로 향했고, 집 현관으로 난 짧은 길을 뛰어가서 그 자리에 그대로 서 있는 엄마의 품으로 곧바로 달려들었다. 지혜로운 엄마였다. 엄마는 여섯 살짜리 꼬마가 사랑이 넘치는 집에서 멀리 가지 못하리라는 걸 알고 있었다.

이 이야기를 싱가포르의 한 심리학자에게 들려주었더니 그녀는 웃음을 멈추지 않았다. 한참 웃고 나서 그녀는 아주 어렸을 때 똑같은 일이 자신에게도 있었노라고 말했다.

여섯 살 때 엄마와 다투고 나서 집을 나가겠다고 했다는 것이다. 엄마는 바로 승낙하고는 가방 싸는 걸 도와줬다고 했다. 이 꼬마

숙녀는 샌드위치나 다른 것은 받지 못했다. 엄마에게 점심값 10달러를 받았을 뿐이었다. 그런 뒤 엄마는 그녀가 살던 아파트 엘리베이터까지 바래다주었다. 엘리베이터가 도착하자 여섯 살 꼬마 아가씨는 안으로 걸어들어갔고 문이 닫힐 때 엄마는 잘 가라고 손을 흔들어주었다.

어린 싱가포르 소녀는 엘리베이터 밖으로 나가기도 전에 집이 그리워졌다. 엘리베이터가 일 층에 도착했을 때는 엄마와 집이 못 견디게 그리웠다. 소녀는 자기가 사는 층의 버튼을 눌렀다. 엘리베이터 문이 열리자 엄마가 그 자리에서 손을 벌리고 서 있었다.

"어서 오세요, 우리 딸!"

사랑하는 마음이 강할 때, 당신은 그 사람이 떠나가도록 내버려둘 수 있다. 돌아올 걸 확실히 알기 때문에.

ㅅ

예전 태국에서는 물소는 가족의 일부였다. 물소들은 마을사람들의 집 아래의 공간에서 살았다. 물소들은 평소엔 아주 유순했는데 태국의 더운 농한기에는 한가로이 풀을 뜯는 물소의 등에서 어린아이들이 안전하게 잠을 잘 수 있을 정도였다. 하지만 물소는 가끔 무엇인가에 흠칫 놀라 머리를 쳐들고 콧바람을 내뿜었다. 그리고 다음 순간 방향 없이 뛰쳐나가곤 했다.

어느 날 한 시골 사람이 아침 일찍 밭을 갈러 물소를 데리고 밖으로 나섰다. 우리 절이 있는 숲 속을 지날 때 무엇인가가 물소를 놀라게 했던 모양이었다. 물소가 머리를 쳐들고 콧바람을 내뿜었다. 그 시골 사람은 물소의 목을 느슨하게 매고 있던 가느다란 줄을 잡아당기려 했다. 그러나 그 줄이 곧바로 그 사람의 손을 감았고 물소가 놀라 뛰쳐나가면서 손가락 끝이 줄에 감기고 말았다. 그 가련한 시골 사람은 손가락의 반이 잘려나가 피범벅이 된 채 우리 절로 도움을 요청하러 달려왔다. 우리는 그를 병원에 데려가 치료해주었고 곧 회복되었다.

나는 그 불행한 이야기를 우리가 뭔가를 놓아버리지 못할 때 무슨 일이 일어나는지를 보여주는 예로 종종 인용한다. 누가 더 힘이 센지 생각해보아야 한다. 사람인지 물소인지. 물소가 놀라 뛰쳐나가는데 붙잡으려고 애쓰는 것은 어리석은 짓이다. 놓아버려야 한다. 물소는 고작 몇백 미터 뛰어가다가 제풀에 서게 마련이다. 그러면 그 농부는 조용히 뒤따라가서 줄을 다시 잡고 풀밭으로 끌고 가면 된다.

너무나 많은 사람들이 놓아버려야 할 것들을 놓지 않으려 애쓴다. 그 결과 너무나 많은 사람들이 손가락을 잃어버린다.

호주로 수행지를 옮기고 여러 해가 지난 뒤 런던의 어머니를 만나러 갔다. 나의 후원자 중에 한 분이 어머니에게 드릴 호주 선물로 봉제인형 캥거루를 하나 보시해주었다. 어머니는 그 선물을 아주 좋아했다. 어머니는 자신이 대부분의 시간을 보내는 거실의 눈에 잘 띄는 선반 위에 그 인형을 세워놓았다. 어머니는 내가 호주로 돌아가고 나면 그 인형을 보면서 내 생각을 할 거라고 했다. 나도 행복했다. 어머니가 가슴속에 간직할 선물을 가져다준 셈이었으니까.

몇 년 뒤 다시 런던에 갔을 때 어머니에게 캥거루 인형과 짝을 맞출 봉제인형 코알라를 사다 주었다. 어머니는 그 인형도 좋아해서 선반 위 캥거루 옆에 세워놓았다. 다음에 방문할 때는 쿠카부라 봉제인형을 갖다 주었고, 또 다음번에는 오리너구리 인형을 갖다 주었다. 어머니의 선반이 호주 기념물들로 가득 찼다.

런던을 삼사 년 만에 한 번씩 방문했었는데 다섯 번째 방문 때는 안고 다니는 커다란 봉제인형 웜뱃을 선물해주었다. 어머니는 그 인형도 좋아했다. 하지만 어머니가 웜뱃을 캥거루, 코알라, 쿠카부라, 오리너구리와 함께 선반 위에 올려놓으려고 하자 자리가 모자라 인형들이 떨어졌다. 그런데도 어머니는 모두를 기름 짜듯이 한데 눌러 붙여놓으려고 애썼는데 그럴수록 더 많은 인형들이 바닥으로 떨어졌다. 내가 어머니에게 물었다.

"어머니, 오래된 건 누구 줘버리는 게 어때요? 그럼 새 인형들 자리가 생길 텐데요."

어머니는 신음하듯 말했다.

"아, 안 돼! 모두 다 너무 귀중하단 말이야."

그러면서 어머니는 모두 다 선반 위에 세워놓으려고 끙끙거렸다.

이러한 경우도 소위 말하는 스트레스다. 우리는 모든 것을 우리의 머릿속에 다 집어넣을 수는 없다. 우리는 어머니 선반 위의 동물인형처럼 하나라도 더 머릿속에 집어넣으려 애쓰지만 그럴수록 다른 것들이 떨어져나갈 뿐이다. 선반은 곧 무게를 이기지 못해 부서지게 된다. 두뇌로 말하자면 소위 정신분열이다. 무슨 일이 벌어질 것인가를 미리 이해한다면 그런 고통은 쉽게 피할 수 있다.

어머니가 새로운 선물을 받았을 때 오래된 것들을 흔쾌히 친구나 자선단체 같은 곳에 기증해버렸더라면 선반 위의 공간도 충분히 생겼을 뿐만 아니라 새로운 선물로 인해 발생하는 어머니의 다른 문제들은 신경 쓰지 않고 더 즐길 수 있었을 것이다.

새로운 경험을 하게 되면 낡은 기억들은 흔쾌히 버릴 줄 알아야 한다. 나의 사랑하는 어머니처럼 버릴 수 없다고, 모두 다 너무 귀중하다고 소리칠 필요가 없다. 머릿속의 선반을 정리해야만 한다. 그러면 스트레스는 사라진다. 아울러 지금 고민하고 있는 일들이 다른 문제들 때문에 신경 쓰지 않게 되고 더 즐길 수 있게 된다.

우리가 현재라고 부르는 우리의 마음은 새로운 선물을 놓을 공간이 충분한 텅 빈 선반 같아야 한다.

✤

2010년 나는 호주 브리즈번 시에서 개최된 세계컴퓨터회의에 참석하여 기조 법문을 해달라는 요청을 받았다. 컴퓨터에 대해 잘 몰랐지만 그게 그리 대단한 문제는 아니라고 생각하여 개의치 않고 그 일을 승낙했다.

법문 중에 나는 물컵을 집어들고 청중에게 물었다.

"이 물컵은 얼마나 무거울까요?"

채 대답이 나오기 전에 나는 말을 이었다.

"내가 물컵을 이렇게 계속 들고 있으면 오 분 후에는 팔이 아플 겁니다. 십 분 후에는 팔이 상당히 아프겠죠. 십오 분 후에는 고통스러울 것이고 저는 멍청한 스님이 될 겁니다."

나는 잠시 말을 그쳤다가 다시 물었다.

"그럼 어떻게 해야 될까요? 너무 무거워 편히 들고 있기가 어렵게 느껴지기 시작할 때마다 일 분간 내려놓는 겁니다. 내 팔이 육십 초간 쉬고 나면 나는 컵을 다시 편하게 들고 있을 수 있을 겁니다. 제 말을 못 믿으시겠다면 집에서 직접 해보십시오!"

사람들이 웃었다. 나는 다시 설명했다.

"이것이 바로 여러분이 일터에서 받게 되는 스트레스의 발단입니다. 여러분이 얼마나 많은 일을 해야 하는지, 책임이 얼마나 무거운지, 그리고 여러분의 물컵이 얼마나 무거운지는 아무런 관련이 없습니다. 너무 무거워 견디기 어려울 때 내려놓고, 짐을 다시 집어들기 전에 잠시 쉴 줄 모르는 것과 전적으로 관련이 있는 것입니다."

나의 조언은 대단한 호응을 얻어서 호주의 유일한 국립 일간신문인 《호주》에 실렸고, 이어서 호주 증권거래소 웹사이트에도 소개가 되었다.

당신이 스트레스를 받을 때 '짐을 내려놓고' 휴식을 취하는 법을 배우지 못하면 일은 힘들어지고, 성과는 많이 떨어지며, 스트레스의 수준은 더 올라갈 것이다. 하지만 일과 중에 반 시간의 휴식을 취하면 더 짧은 시간 안에 일을 마무리 지을 수 있고, 그러면 당신이 써버린 삼십 분은 곧 더 우수한 결과로 보상받게 된다. 예를 들자면 네 시간 걸릴 일을 세 시간에 양질로 마치게 되는 것이다. 그러니까 물컵을 내려놓는 건 귀한 시간의 허비가 아니라 나중에 당신의 뇌 효율이 높아짐으로써 되돌려받게 되는 투자인 셈이다.

나의 조언은 나중에 하버드 경영대학원의 블로그에도 실렸다.

결국 나는 컴퓨터에 대해 잘 알고 있는 것일지도 모른다.

— ゛ —

우리 사원을 방문하는 사람들은 종종 이곳이 정말 고요하고 아름답다고 내게 말하곤 한다. 그럴 때마다 나는 그들이 뭘 몰라도 한참을 모른다고 생각했다. 그 사람들 눈에는 우리 사원에 할 일이 얼마나 많은지 보이지 않는 것일까? 건물들과 정원은 늘 손을 봐줘야 하고, 젊은 스님들을 교육해야 한다. 그리고 방문객들의 끊임없는 질문에 답을 해줘야만 한다. 내게 우리 사원은 아주 바쁜 일터다. 무엇인가 잘못돼 있었다. 그러나 나는 곧 잘못된 건 바로 내 자세라는 것을 깨달았다.

그래서 내 자세를 바꿨다. 나는 주로 월요일 아침에 내가 삼십 년 동안 살았던 사원의 주인이 아닌 방문객으로 가장한다. 나는 방문객으로서 더 이상 건물들과 정원 손질하는 것을 걱정하지 않아도 된다. 스님들 교육은 이제는 내 일이 아니다. 그리고 방문객으로서 그 모든 질문들에 답을 하지 않아도 된다. 그런 날 아침에는 방문객으로서 방문객들이 하는 그대로 우리 사원을 감상할 수 있다. 나는 방문객들이 옳았다는 걸 알게 되었다. 당신이 그것을 소유하지 않을 때 그것은 아름답고 고요한 사원이 된다.

나는 똑같은 방법으로 내 친구들에게 가르쳐준다. 매주 몇 시간씩, 어쩌면 주말에라도 당신이 살고 있는 집에서 방문객으로 변신해보라고.

당신이 타인의 집을 방문했을 때, 그들을 위해서 접시를 닦아주는가? 하지 않는다. 그들의 카펫을 진공청소기로 청소해주거나 정리해주는가? 그럴 리 없다. 잔디를 깎아주는가? 그렇지 않다. 당신이 집주인이 아니고 방문객이기 때문에 이런 잔일들을 하지 않는다고 해서 죄책감에 빠지지 않는다.

그렇게 당신이 당신 집의 주인이 아니고 손님이라고 가정해보면 집의 아름다움과 고요함을 즐길 수 있다. 죄의식 없이 편히 쉴 수 있다. 하는 일 없이 즐거운 마음으로 머물 수 있다. 당신은 그저 방문 중인 것이다.

방문객만이 내려놓을 수 있다. 때때로 주인에서 벗어나라. 주인은 관리를 해야만 한다.

_ 9

"곧 하늘나라로 떠나실 텐데 마음은 평안하신가요?"

나는 가끔 죽음이 임박한 사람들에게 이제 마음 놓고 떠나도 되고, 떠나더라도 걱정할 게 하나도 없다는 걸 확신시켜주려고 이 말을 꺼내곤 한다. 그러면 그들은 편안한 마음으로 품위 있게 세상을 떠난다.

많은 사람들이 내 말을 듣고는 다가오는 죽음에 대해 마음이 편안해졌다고 고백했다. 죽음에 임박한 사람들이 가장 괴로워하는 문제는 그들을 떠나지 못하게 하려는 가족들과 친구들의 말이었다고 했다.

가장 고통스러웠던 말은 다음과 같은 것이었다.

"어머니, 어머니! 죽지 마세요! 제발, 일어나세요. 제발!"

스티브는 삼십 대의 젊은 불자였다. 그는 '하얀 바다 래프팅'이라는 기치를 내걸고 세계에서 제일 아름다운 여행지로 고객들을 안내하는 여행사를 운영하고 있었는데, 사업은 매우 성공적이었다. 그러나 그는 불행하게도 불치의 암으로 죽어가고 있었다.

나는 스티브와 그의 아내 제니의 집을 여러 차례 방문했는데 스티브가 아직 떠나지 못하고 있어서 솔직히 안타까웠다. 그는 고통스러워하고 있었다. 왜 떠나지 못하고 있는 걸까?

나는 스티브에게서 등을 돌려 제니를 마주 보며 물었다.

"스티브한테 이젠 떠나도 괜찮다고 허락했나요?"

그러자 특별히 허락되지 않으면 목격할 수 없는, 살아가면서 영원히 잊지 못할 만큼 가슴이 미어지는 순간이 이어졌다. 제니는 나한테는 아무 대답도 하지 못하고 스티브가 누워 있는 침대 위로 기어올라가더니 가냘프고 야윈 남편을 부드럽게 팔로 감싸고는 정말 사랑한다고 말했다.

"스티브, 허락할게. 괜찮아. 떠나도 괜찮아."

두 사람은 끌어안고 울었다. 스티브는 이틀째 되는 날 세상을 떠났다.

나는 죽음이 임박한 사람의 가족들과 친구들 곁에 머무는 일이 잦은 편이다. 그럴 때면 나는 그들에게 스티브의 경우처럼 사랑하는 환자한테 가장 큰 사랑의 선물을 주자고 제의하곤 한다. '운명할 수 있도록 마음속으로 허락하기.' 그 선물은 당신이 원하는 순간에 당신만의 방식으로만 줄 수 있다. 그것은 당신이 진정 사랑하는 사람을 마지막으로 해방시켜주는 고귀한 선물인 것이다.

사랑하는 사람이 세상을 떠나는 것은 사람이 겪을 수 있는 일 가운데서 가장 힘든 것 중의 하나다.

비행기를 마음 놓고 타고 다니기 이전에는 거대한 해상 여객선을 타고 대륙에서 대륙으로 여행을 해야만 했다. 여객선이 출항할 때 승객들은 배의 갑판에 줄을 지어 서 있고 부두에는 그들이 사랑하는 가족들이 서 있게 마련이다.

뱃고동이 출발을 알리고 배가 서서히 떠나가면, 갑판 위 사람들과 육지에 남은 사람들은 서로 손을 흔들고 입맞춤을 날려보내며 소리쳐 마지막 인사를 한다. 배는 곧 부두의 사람들에게서 점점 더 멀어지고 아직 갑판 위에 서 있는 사람들은 마치 한 덩어리로 붙어 보여 누가 누군지 분간할 수 없게 되지만, 그들은 손을 흔들고 떠나가는 가족을 응시한다. 몇 분이 더 지나면 배가 훨씬 더 멀어져서 그 한 덩어리로 보이던 승객들조차도 볼 수 없게 되지만, 사랑하는 사람들은 여전히 부두에 남아서 그들의 가족이 타고 사라져가는 배를 그윽히 바라본다.

이윽고 배는 수평선에 도달하고 완전히 시야에서 사라진다. 이제 육지의 가족들은 그들의 사랑하는 사람을 더 이상 볼 수는 없지만 혼잣말로 그와 이야기하거나 혼자만의 생각으로 만나며, 그가 완전히 사라진 게 아니라고 믿는다.

그는 단지 우리를 그 너머에 있는 것으로부터 갈라놓는 선, 즉 수평선 너머로 갔을 뿐이다. 우리는 언젠가 다시 서로 만나게 될 것이다.

똑같은 일이 우리가 사랑하던 사람이 죽을 때 일어난다. 우리가 운이 좋다면 침대 곁에서 그를 안아주고 마지막 인사를 하게 된다. 그러고 나면 그는 죽음이라는 바다로 출항한다. 그는 우리 시야에서 사라져간다. 마지막으로 이생과 그 선 너머에 있는 것을 갈라놓는 수평선에 도달한다. 그 선을 넘어가면 우리는 그를 더 이상 볼수는 없지만 혼잣말로 그에게 이야기하거나 혼자만의 생각으로 그를 만나면서 우리는 그가 완전히 사라진 게 아니라는 것을 믿는다. 그는 단지 우리를 그 너머에 있는 것으로부터 갈라놓는 선, 죽음을 넘어갔을 뿐이다.

우리는 다시 서로 만날 것이다.

7

다 알아버린 왕

지혜로운 사람들은 안다. 행복은 절대로 너무 멀리 있어서 닿지 않는 게 아니다. 우리에게 필요한 것은 지혜와 자비를 늘리는 일이다. 그러면 무엇에든지 닿을 수 있다.

수행하면서 당신이 원하는 바를

이루려고 '나무를 흔들거나'

'막대기를 던지거나' '나무를 타고 올라가면'

아무것도 뜻한 대로 되지 않는다.

세상만사에 대한 일체의 욕망 없이,

당신의 마음을 조건 없는 사랑으로 열어놓은 채로,

완벽하게 고요히 멈춰 있는 것을 터득하게 되면,

깨달음의 망고가 당신의 손 안에

사뿐히 떨어질 것이다.

북아메리카로 법회여행을 갔을 때, 나는 고달픈 인생살이에 대해 격려하는 차원에서 다음과 같은 은유적인 법문을 실시했다.

"개똥을 밟게 되면 언짢아할 게 아니라 신발에서 긁어내면 됩니다. 그러나 당장 긁어내지 않고 개똥을 묻힌 채 집으로 향할 수도 있습니다. 집 정원에 있는 사과나무 아래에서 신발에 묻은 개똥을 긁어낼 수도 있으니까요. 다음 해, 그 나무는 어느 해보다 사과가 더 많이 열리고, 과일즙은 더 많이 달 것입니다. 하지만 그렇게 맛좋은 사과를 한입 베어물었을 때 당신이 실제로 먹고 있는 것은 바로 개똥이라는 걸 알아야 합니다. 그 개똥이 과일즙이 많은 달콤한 사과로 바뀐 겁니다. 마찬가지로 인생에서 어떤 어려움을 겪을 때에도 그 위기는 개똥을 밟는 것과 같습니다. 화를 내거나 비통해하거나 우울해하지 말고 집으로 가지고 와서 가슴에 묻으십시오. 얼마 안 가서 당신은 더 현명하고 더 자애로워질 것입니다. 하지만 그 현명한 지혜와 자애로운 사랑이 모두 무엇인지 기억하십시오. 그건 바로 인생의 개똥이 변환된 것입니다."

내가 보아도 탁월해 보이는 법문을 사람들에게 전한 지 몇 시간 후였다. 자동차로 이동하다가 휴게소에 들렀는데 그곳에서 나는 진짜로 개똥을 밟고 말았다. 한데 운전사는 그 빛나는 은유적 법문을 들었음에도 불구하고 내가 샌들에 묻은 개똥을 하나도 남기지 않고 다 긁어낼 때까지 차에 올라타지 못하게 했다. 그는 나의 개똥에 관한 비유적이고도 위대한 가르침을 말 그대로 개똥으로 여긴 것이었다. 이러한 점이 오늘날 많은 사람들의 문제다. 그들은 개똥을 과일로 바꿔주는 정원이 없을 뿐만 아니라 자연으로부터 멀리 떨어져 있는 아파트에 많이 살고 있는 까닭이다.

ㅅ

한 기자가 전화를 걸어와 내게 물었다.

"아잔 브라흐마 스님, 어떤 사람이 불경을 가져다가 스님께서 쓰시는 변기 속에 처박고 물을 내려버렸다면 어떻게 하시겠습니까?"

나는 주저 없이 대답했다.

"기자님, 누군가 내 변기에 불경을 처박아버렸다면 제일 먼저 수리공을 불러 변기부터 뚫었을 겁니다."

그 기자는 한참 웃더니 내가 한 말이 그동안 들어본 답변 중에 가장 재치 있었다고 털어놓았다.

그래서 나는 한술 더 떴다. 누군가가 수많은 불상을 폭파하거나 절을 불살라버릴 수는 있다. 심지어 스님이나 여승들을 죽이거나 아무튼 못된 짓이라 부를 만한 못된 짓을 몽땅 다 하는 일이 벌어질 수도 있다. 그렇지만 나는 불교를 훼손하는 일만큼은 절대로 가만히 내버려두지 않을 것이라고 말했다. 누군가가 성스러운 경전을 변기에 넣고 물을 내려버릴 수는 있겠지만 용서와 평화, 자비를 화장실의 변기에 처박아버리는 일은 절대로 용납하지 않을 것이라고 설명했다.

경전이나 신상(神象), 그리고 사원이나 승려 자체는 종교가 아니다. 이 모든 것들은 물건을 담는 그릇일 뿐이다. 그렇다면 경전이 우리에게 가르치는 것은 무엇인가. 신상이 상징하는 것은 무엇인가. 승려들이 구현해야 하는 덕이라는 것은 과연 어떤 것인가. 이러한 것들은 그릇에 담기는 내용물이다.

우리가 그릇과 그릇에 담기는 내용물의 차이를 알게 되면 설사 그릇이 망가지더라도 그 내용물은 지키게 된다. 우리는 더 많은 경전을 찍어내고, 더 많은 사원과 신상을 만들 수 있고, 더 많은 스님들과 여승들을 길러낼 수도 있다. 그러나 우리가 사람에 대한 사랑과 존중을 잃어버리고 폭력적으로 변해버린다면, 우리가 믿는 종교는 송두리째 변기 속으로 쓸려내려가 버리고 만다.

꬗

사랑하는 사람의 죽음은 우리의 인생을 송두리째 바꿔놓는다. 자연재해로 목숨을 잃은 수천 명의 사람들처럼 우리가 모르는 사람들의 죽음조차도 우리의 사고방식을 바꿔놓는다. 죽음이 인생의 피할 수 없는 한 부분이라는 깨우침은 우리가 어떻게 주의하며 살아야 하는지를 깨닫게 만든다.

여러 해 전에 나의 스승 아잔 차 스님께서는 자신의 도자기로 된 잔을 들어올리며 말씀하셨다.

"이걸 보아라! 이 안쪽에는 금이 가 있다."

나는 그 잔을 자세히 살펴보았지만 금을 찾아볼 수 없었다.

"당장은 금이 보이지 않는데요."

아잔 차 스님은 계속하셨다.

"하지만 거기에는 금이 가 있다. 어느 날 누군가가 이 잔을 떨어뜨리면 그 금이 나타나고 내 잔은 쪼개지고 말 것이다. 그게 잔의 운명이다."

스승님의 말씀은 이어졌다.

"하지만 내 잔이 플라스틱으로 만들어졌다면 이 잔은 그런 운명을 갖지 않았을 것이고, 눈에 띄지 않는 금도 없을 것이다. 떨어뜨리거나 두들기거나 심지어 걷어차도 부서지지 않을 것이다. 너는 그 잔이 부서지지 않기 때문에 방심할 수도 있다. 하지만 내 잔은 깨지기 쉽기 때문에 너는 조심해야만 한다."

아잔 차 스님은 재차 강조하셨다.

"마찬가지로 너의 몸은 안에 금이 가 있다. 그 금은 지금은 보이지 않지만 분명히 존재한다. 미래의 너의 죽음이 그렇다. 어느 날, 사고가 나거나 병이 나거나 고령이 되면 그 금이 나타나고 죽게 된다. 그게 네 운명이다."

아잔 차 스님은 마지막으로 설명하셨다.

"하지만 너의 생명이 영원히 지속된다면, 네 생명이 플라스틱으로 된 잔처럼 잘 부서지지 않는다면, 너는 방심할 것이다. 우리의 생명은 쉽게 부서지기 때문에, 죽는 게 우리 운명이기 때문에, 그것이 바로 우리가 늘 조심해야만 하는 이유다."

마찬가지로 관계라는 것도 도자기 잔처럼 깨지기 쉽기 때문에 우리는 서로 주의해야만 한다. 행복이라는 내면에도 금이 가 있다는 걸 이해한다면 절대로 쾌락을 당연한 걸로 받아들이지 않게 된다. 우리의 삶이 언제든지 쪼개질 수 있다는 걸 깨닫게 된다면 매 순간이 정말 소중해질 것이다.

여러 해 전, 나는 어느 정신건강학회에 참석하여 내가 거주하는 지역의 교도소에서 법회를 했던 이야기를 꺼낸 적이 있다. 앞에서도 말한 범죄를 본 게 아니라 사람을 보았다는 그 내용 말이다. 그때 나는 그 일류 정신건강학교의 학과장으로부터 깊은 인상을 받았다. 나는 그의 초청을 받아 학교를 방문하여 부처님께 축원을 올렸다. 그리고 학과장에게 궁금한 점을 물어보았다.

"과장님은 어떤 정신 질환을 맡고 계신가요?"

"정신분열증입니다."

"그걸 어떻게 치료하시나요?"

"스님께서 법문하실 때 설명한 것과 똑같죠, 뭐. 저는 정신분열증을 치료하지 않습니다. 저는 환자의 다른 면을 치료합니다."

나는 합장으로 경의를 표했다. 그는 내 이야기를 제대로 잘 이해했던 것이다. 나는 그에게서 어떤 답변이 나올지 짐작하면서도 물었다.

"결과는 어떻던가요?"

"굉장했습니다. 그 어떤 치료보다 훨씬 더 효과가 컸습니다."

당신이 누군가를 정신분열증 환자라고 여기면 그들은 당신 수준에 맞춰 살게 된다. 당신이 그들로 하여금 정신분열증 환자처럼 살게 하는 것이다. 당신이 그들을 정신분열증 환자라고 여기기 전에 조금 더 귀한 존재라고 존중한다면, 당신은 그들의 건강한 면이 자라날 기회를 만들어주는 것이다.

—⑊—

우리 승단의 스님들은 매년 우기 안거 삼 개월 동안 행각(바깥 수행)을 멈추고 한곳에 머문다.

행각을 하던 나이 든 한 수행승이 우기 안거 며칠 전에 어느 가난한 농부의 작은 집 대문 앞에 섰다. 가난하지만 신심이 두터운 불자인 그 집 남편은 스님에게 공양을 올리면서 안거 기간 동안 가까이에서 거처하기를 청했다.

"강가에 있는 조용한 목장에 스님을 위한 간소한 오두막을 지어드릴 수 있습니다. 제 아내도 기꺼이 스님께 공양을 올릴 겁니다. 그저 저희들에게 가끔 법문도 해주시고 명상 지도만 좀 해주십시오."

노스님은 동의했다. 삼 개월 넘게 지내다 보니 농부와 아내, 그리고 아이들까지 그 지혜롭고 자비로운 노스님을 사랑하게 되었다. 안거가 끝나갈 무렵 노스님이 떠날 채비를 하자 스님을 무척 사랑하게 된 가족들은 울면서 계속 머물길 간청했다.

"더 이상은 머물 수가 없네."

잠시 후, 스님은 말을 이었다.

"하지만 자네들이 나를 극진하게 잘 돌봐주었으니 보답을 하고 싶네. 며칠 전, 깊은 선정(禪定)을 닦다가 보니 가까운 곳에 엄청난 보물이 묻혀 있는 걸 보았네. 자네들이 그걸 가졌으면 하네. 내 말을 잘 듣고 하라는 대로 하게. 그러면 자네들은 다시는 가난하게 살지 않을 걸세."

온 가족이 울음을 멈추고 열심히 새겨들었다. 그들은 그 스님을 믿었다. 왜냐하면 노스님들은 거짓말을 하지 않으니까.

"해가 뜰 때 자네들 집 문지방에 서서 활과 화살을 집어들게. 떠오르는 해를 향해 활을 겨누고 지평선 위에 해가 나타나면 화살을 날게 하게. 화살이 떨어지는 곳에서 보물을 발견하게 될 걸세."

말을 마친 노스님은 그날로 떠났다.

다음 날 아침, 온 가족은 너무 흥분하여 새벽이 밝기도 전에 모두 일어나 있었다. 농부가 활과 화살을 들고 집 문지방에 섰다. 그의 아내는 삽을 들고 있었다. 해가 지평선 위로 뜨기까지 시간은 더디게만 흘러갔다. 해가 떠오르자 농부는 해를 향해 화살을 쏘았고 모두들 화살을 뒤쫓아 뛰었다. 화살이 떨어진 곳에 도착하자 농부는 아내에게 구덩이를 파라고 했다. 농부의 아내는 깊이 더 깊이 구덩이를 팠다.

농부의 아내가 무엇을 발견했는지 알겠는가? 아무것도 없었다.

문제만 터지고 말았다. 그 화살은 어느 부자의 밭에 떨어졌고 부자는 그들을 현행범으로 체포했다. 부자는 불쌍한 농부의 아내에게 소리쳤다.

"남의 땅에 구덩이를 파면 어떻게 되는 줄 알지? 기필코 당신을 감옥에 처넣고 말 거야!"

농부의 아내는 남편을 가리키면서 변명을 늘어놓았다.

"남편 때문이에요. 저 사람이 여길 파라고 했어요."

농부도 지지 않고 말했다.

"노스님 잘못 때문입니다. 스님이 틀림없이 여기서 보물을 발견할 거라고 하셨다니까요."

부자가 궁금하여 물었다.

"노스님이라고? 뭔가 이상하구나. 나도 불자지만 노스님들은 거짓말을 안 하신단 말이야. 스님이 어떻게 하라고 하셨나?"

노스님의 지시사항을 잠자코 듣고 있던 부자가 소리쳤다.

"맞아! 당신들이 어디서부터 잘못됐는지 이제 알겠어. 이봐, 농부! 당신 자신을 보라고. 당신은 너무 못 먹어서 화살을 제대로 쏘기엔 힘이 약해! 내가 당신에게 제안하겠어. 내가 내일 당신 오두막에서 화살을 쏘고 우리가 보물을 발견하면 반으로 나누세."

농부는 동의하는 수밖에 없었다.

다음 날 아침, 부자는 활과 화살을 들었고 농부는 삽을 든 채 해가 뜨기를 기다렸다. 농부는 전날 자신의 아내에게 땅을 파게 한 업보 때문에 그날은 자신이 땅을 파게 되었다. 해가 지평선 위로 떠오르자 부자가 화살을 쏘았다. 화살은 훨씬 더 멀리 날아갔다. 모두들 화살을 쫓아 달려갔고 화살이 내려앉은 곳에서 농부는 큰 구덩이를 파야 했다.

무엇을 발견했을까? 아무것도 없었다. 더 큰 문제만 생기고 말았다. 그 화살은 어느 장군의 땅에 떨어진 것이었다. 장군은 그들을 체포했다. 화가 난 장군이 소리쳤다.

"감히 내 땅을 훼손하다니! 내 부하들에게 네놈들의 목을 베게 하겠다!"

농부는 부자를 가리키면서 변명을 늘어놓았다.

"저 부자 때문입니다. 저 부자가 나에게 여길 파라고 했습니다."

부자도 다급히 말했다.

"아니지. 노스님 잘못이지. 노스님이 여기서 보물을 발견할 거라고 하셨다니까요."

장군이 깜짝 놀라 물었다.

"노스님이라고? 이상한 노릇이군. 나도 불자지만 노스님들은 거짓말을 안 하신단 말이야. 스님이 어떻게 하라고 하셨나?"

노스님의 지시사항을 전해 들은 장군은 소리쳤다.

"맞아! 자네들이 어디서부터 잘못됐는지 알겠어. 일반인이 어떻게 화살 쏘는 법을 알겠나? 나같이 훈련된 군인만이 제대로 활을 쏠 수 있지. 내가 자네들에게 제안하지. 내가 내일 자네 오두막에서 화살을 쏘고 우리가 보물을 발견하면 똑같이 삼 등분하기로 하세."

다음 날 아침, 장군은 활과 화살을 들었고, 전날 농부에게 땅을 파게 한 업보 때문에 그날은 부자가 땅을 파야만 했다. 해가 지평선 위로 나타나자 장군은 전문가답게 화살을 쏘았다. 화살은 아주 멀리 날아갔다. 모두들 화살을 쫓아 달려갔고 화살이 내려앉은 곳에서 부자는 큰 구덩이를 파야만 했다.

무엇을 발견했을까? 아무것도 없었다. 더 큰 문제만 생기고 말았다. 화살이 떨어진 곳은 왕궁의 정원이었던 것이다. 왕의 수비대가 그들을 모두 체포했다. 그들은 곧바로 사슬에 묶인 채 왕 앞으로 끌려갔다. 왕이 말했다.

"왕의 정원을 훼손하는 건 제일 큰 죄다. 왜 이런 짓을 했느냐?"

장군이 부자를 가리키면서 말했다.

"폐하, 저자 때문입니다."

부자는 농부를 가리키면서 말했다.

"폐하, 저자 때문입니다."

농부도 변명했다.

"폐하, 노스님 잘못입니다. 노스님이 보물을 발견할 거라고 했거든요."

왕이 놀라서 물었다.

"노스님이라고? 이상하구나. 나도 불자지만 노스님들은 거짓말을 안 하신단 말이다. 스님이 어떻게 하라고 하셨느냐?"

노스님의 지시사항을 전해 들은 왕은 무엇이 잘못됐는지 이해할 수 없었다. 그래서 왕은 군인들을 보내어 노스님을 찾아 왕궁으로 모셔오라고 했다. 군인들은 곧 노스님을 찾았고 왕 앞으로 모셔왔다. 왕이 경의를 표하면서 말했다.

"스님! 스님께서 지어내신 땅속의 보물 이야기 때문에 이 모든 사람들이 큰 곤경에 빠졌습니다. 도대체 왜 그러셨습니까?"

노스님이 말문을 열었다.

"폐하, 지어낸 이야기가 아닙니다. 저 같은 노승들은 거짓말을 하지 않습니다."

이윽고 노스님은 설명을 시작했다.

"제가 시킨 대로 제대로 하지 않아서 보물을 발견하지 못한 것입니다."

왕은 호기심이 발동하여 물었다.

"제대로 하지 않았다니 무얼 말입니까?"

"폐하, 내일 저 가난한 농부의 집에 가보시는 건 어떻습니까? 제가 폐하께 방법을 알려드리겠습니다. 폐하께서 그 보물을 발견하시리라고 장담합니다만, 그 보물을 폐하와 장군, 부자, 농부가 공평하게 넷으로 나눌 것을 간청드립니다."

왕은 찬성했다.

다음 날, 농부와 그의 가족들, 부자, 장군, 노스님과 왕이 농부의 집에 일찌감치 모였다. 동이 틀 무렵, 왕이 그 작은 집 문지방에 섰다. 왕은 자신이 제대로 하고 있는지 노스님에게 확인하려고 돌아섰다. 노스님이 말했다.

"맞습니다, 폐하."

왕은 활과 화살을 집어들었다.

"맞습니다, 폐하."

왕이 떠오르는 해 쪽을 향해 활을 겨누었다.

"이번에도 맞습니다, 폐하."

해가 지평선에 나타나고 왕이 화살을 쏘려는 찰나 노스님이 소리쳤다.

"잠깐만요! 틀렸습니다, 폐하. 저는 화살을 날게 하라고 했지 쏘라고 하지 않았습니다."

왕은 무슨 말인지 금방 알아들었다. 왕은 화살을 놓아버렸고 화살은 바로 밑으로 떨어졌다. 왕이 서 있던 바로 그 자리. 정확히 왕의 두 발 사이에 내려앉았던 것이다. 땅을 조금 파내려가자 4분의 1로 나누고도 왕과 장군과 부자와 농부의 가족들까지 더할 나위 없이 만족시킬 정도의 많은 보물이 나왔다.

노스님이 덧붙였다.

"여러분이 행복을 향해 여기저기 갈망의 화살을 쏘게 되면 아무 것도 찾아내지 못하고 더 큰 문제만 생기게 됩니다. 하지만 무언가를 원하는 마음의 화살을 놓아버리면 그 화살은 여러분이 서 있는 바로 그 자리에 떨어지게 됩니다. 바로 '지금', 그리고 '여기'에서 모두가 만족하고도 남을 보물과 기쁨을 찾게 될 것입니다."

나도 늙은 중이기 때문에 확실하게 말해줄 수 있다. 노스님들은 거짓말을 하지 않는다.

내가 작은 아파트에서 자란 것은 행운이라고 생각한다. 부모님과 형과 나는 집이 좁아 서로 멀리 떨어져 지낼 수 없었다. 우리 부모님도 다른 부부들처럼 부부싸움을 했고, 두 분이 다툴 때면 그 모습을 고스란히 지켜볼 수밖에 없었다. 그래서 나는 다툼은 인생의 한 부분이고 어떠한 나쁜 감정도 '화해'와 '용서'라는 아름다운 행위로 인해 쉽게 극복할 수 있다는 걸 배웠다.

나는 조그만 침실에서 형과 함께 지냈다. 우리는 자주 싸웠고 함께 괴로워했으며, 그러면서 진정으로 사랑하는 법을 배우며 자랐다. 내가 만약 나만의 침실을 가졌더라면 이러한 장점을 배우지 못했을 것이다.

수백만 파운드짜리 복권에 당첨된 한 영국 여인에 대한 기사를 읽은 적이 있다. 그녀는 영국의 한 시골에서 크고 아름다운 맨션을 사들였다. 일 년 뒤, 그녀는 그 멋진 맨션을 손해를 보면서 팔아버렸고, 그 대신 아담한 집을 하나 샀다고 한다.

그녀는 거대한 맨션에서 사는 동안 아이들과 남편을 제대로 볼 수가 없었다고 했다. 아들은 그 기다란 집 한쪽에 있었고, 딸은 반대쪽에 머물렀으며, 남편은 수많은 방들 중 어느 곳에 있는지 알 수 없었다는 것이다. 그러니까 가족끼리 거의 보지 못했던 셈이다. 그녀는 점점 외로워졌다고 한다. 큰 집이 그녀로 하여금 사랑하는 가족과 멀어지게 만들었던 것이다.

다시 아담한 집으로 옮기자, 남편과 아이들을 늘 보게 됐다고 한다. 그녀는 맨션의 넓은 공간은 잃었지만 가족을 다시 발견한 것이다.

모든 게 풍족한 요즘 세상에서 문제점의 하나는 우리가 지나치게 큰 집에서 산다는 것이다. 요즘 아이들은 대개 자기 방을 가지고 있다. 집이 크면 가족끼리 제각각 떨어져 지내기가 쉽다. 이제 우리는 혼자서 사는 데 익숙해져버렸고, 서로 함께 사는 사회적 기술을 배우지 못하고 있다. 우리는 홀로 외로운 행성이 되고 말았다.

고대 그리스에 특이한 스승이 있었는데, 그는 성질이 괴팍하여 제자가 아주 사소한 실수를 저질러도 불같이 야단을 쳤다. 스승은 실수한 청년을 구두로 훈계할 때 다른 학생들로 하여금 그 청년에게서 돈을 받아내도록 했다. 특별히 깨우침을 받게 된 것에 대한 대가였다. 그 돈은 스승이 과외공부를 시켜주고 받아야 할 비용으로 간주되었다.

그렇게 교육을 받은 한 제자가 졸업을 한 후 아테네에 일하러 갔다. 상사나 다른 사람이 구두로 훈계할 때마다 그 제자는 밝은 표정으로 웃었다. 그 시대에 가장 심한 저주의 말은 "겨드랑이에 천 마리 낙타의 벼룩이나 들끓어라."라는 근처 중동지역에서 흘러온 험담이었다.

그 제자는 그런 심한 말을 들어도 웃었다. 그는 어떤 모욕에도 언짢아하지 않았다. 친구와 동료들은 그가 기둥이 몇 개 모자라는 그리스 신전이라고 생각했지만 그는 다른 모든 일에는 지극히 정상이었다. 그래서 모두들 왜 책망받을 때 항상 웃는지 그에게 물었다. 그는 대답했다.

"학생 시절에는 비판을 받으면 꼭 돈을 내야 했어요. 지금은 공짜잖아요. 그래서 행복해요."

아마도 우리 아이들이 방을 치우지 않거나 숙제를 하지 않아 고함을 쳐야 할 때마다 아이들에게 돈을 받아내야 할지도 모른다. 그러면 아이들이 살아가면서 나중에 배우자가 야단치거나 상사가 소리칠 때 절대로 화내지 않고 고대 그리스 학생처럼 즐겁게 웃기만 할 것이다. 야단이나 책망을 듣고 돈을 낼 필요가 없으니까.

ꊈ

한 사람이 숲 속을 걸어가다가 구덩이를 하나 발견했다. 멈춰 서서 안을 들여다보니 바닥에 큰 가방이 있었고, 그 가방 안에는 금이 하나 가득 들어 있는 게 보였다. 그 금을 집으려고 팔을 뻗어보았지만 구덩이가 너무 깊었다. 아무리 기를 쓰고 뻗어보아도 팔이 닿지 않았다. 그는 할 수 없이 포기했다.

숲 속을 계속 걸어가던 그는 도중에 다른 사람을 만났고 그 금 얘기를 했다. 구덩이가 너무 깊어서 닿지 않더라고. 얘기를 들은 사람은 구부러진 막대기를 집어들고 구덩이로 가서 그 막대기를 이용하여 금을 끄집어냈다.

구덩이가 너무 깊은 게 아니라 그의 팔이 너무 짧았던 게 문제였다. 얘기를 들은 사람은 구부러진 막대기로 팔 길이를 늘여서 쉽게 보물에 닿을 수 있었다.

행복은 절대로 너무 멀리 있어서 닿지 않는 게 아니다. 우리에게 필요한 것은 지혜와 자비를 늘리는 일이다. 그러면 무엇에든지 닿을 수 있다.

❀

어느 날 밤, 한 나이 든 보살님이 나에게 장거리 전화를 해왔다. 그녀는 그날 오후 결혼한 지 사십 년 만에 처음으로 남편에게 거짓말을 했다고 말했다.

그녀의 남편 돈은 심장마비로 죽을 뻔했는데 다행히 고비는 넘긴 상황이었다. 하지만 남편은 시급히 심장혈관 우회수술을 받아야 했고, 수술을 받을 만큼 몸이 충분히 회복될 때까지 병실에서 대기해야만 했다.

세 명의 다른 남자 환자들이 같은 병실을 쓰고 있었는데 모두 심장 우회수술을 기다리고 있었다. 돈은 옆 침대의 잭과 아주 친해졌다. 문제의 그날 오후, 돈은 아내에게 전날 심장 수술을 받은 잭이 어떻게 되었는지 물었다.

그러자 그녀는 대답했다.

"아, 잭은 괜찮아요. 지금 중환자실에서 회복 중이에요."

그러나 그녀는 방금 슬픔에 잠긴 잭의 가족들을 휴게실에서 만나고 오는 길이었다. 잭은 죽고 말았다. 그녀는 다음 날 남편이 받기로 되어 있는 것과 똑같은 수술을 잭이 받다가 죽었다는 사실을 차마 말할 수 없었다. 그래서 거짓말을 할 수밖에 없었다.

돈은 우회수술을 받고 가까스로 목숨을 구했다. 삼 일 동안 생사의 갈림길을 오가던 끝에 극복해낸 것이었다. 나는 종종 생각에 잠긴다. 만약 그의 아내가 사실대로 말했더라면 모르긴 해도 쓸데없는 걱정이 그를 죽음의 끝자락으로 몰아가고도 남았을 거라고. 거짓말이 그를 살린 셈이었다.

그래서 나는 나의 제자들에게 때로는 거짓말을 해도 좋다고 말한다. 하지만 사십 년에 딱 한 번만이라는 단서를 단다.

—\\—

내 친구 아들이 일주일이면 사나흘을 밤늦게까지 여자친구와 함께 밖에서 시간을 보냈다. 그 결과 대학 성적이 떨어지고 있었다. 그 나이의 아이들이 거의 다 그렇듯이 부모의 말을 들으려 하지 않았다. 아주 현명한 그의 아버지는 아들을 더 잘 훈육할 다른 방법을 찾아야 했다.

어느 날 아침 이른 시각에 밤새 나이트클럽에서 논 아들이 여자친구와 함께 집으로 돌아오고 있을 때, 그는 집 밖에서 그들을 기다리고 있었다. 그는 두 사람에게 말했다.

"안으로 들어오너라."

아들은 큰일 났다고 생각했지만 아버지는 그에게 일언반구도 하지 않았다. 대신에 아들의 여자친구와 이야기를 나눴다.

"내 아들과 사귄 지가 꽤 오래됐지? 난 너희들 계획을 모르지만 누가 알겠니? 너희들이 어느 날 결혼하기로 결심하게 될지. 만약 그런 날이 온다면 난 네가 학위도 못 받고 그래서 좋은 직장도 얻을 수 없는 남편을 원하지는 않을 거라고 생각한다. 만약 내 아들이 그렇게 계속 밤늦게까지 나돌아다니면 아마도 그렇게 되기 십상일 거야. 저 녀석이 너하고 사귀면서부터 학위를 따지 못할 정도로 성적이 형편없이 떨어지고 있다는 걸 이야기하던?"

그녀가 남자친구를 쏘아보면서 대답했다.

"아니요. 저는 몰랐어요."

그가 말했다.

"그래서 너한테는 꼭 얘기를 해주어야겠다고 생각했단다."

아버지가 다시 말했다.

"잘 자라."

그날 밤부터 그녀는 아들을 단속해 일찍 귀가시켰고 아들의 성적을 무섭게 관리했다. 따라서 성적은 극적으로 좋아졌고, 결국 아들은 학위를 마쳤다. 현재는 좋은 직장을 가지고 있다.

부모의 말을 듣지 않는 아들이 있다면 여자친구의 힘을 활용해 볼 필요가 있다. 그녀를 한배에 태우고 조종하시라. 조종은 당신이 한다. 자녀가 딸이라면 남자친구를 활용해 딸을 바로잡아나가는 것도 방법이다.

_ɔ

부처님께서 군부대 훈련감독을 마치고 왕궁으로 돌아가던 강력한 왕의 이야기를 설법하셨다.

왕궁으로 가던 길에 왕은 망고나무 두 그루를 지나갔다. 한 그루에는 향기 나는 잘 익은 망고들이 달려 있었다. 반면 두 번째 나무에는 과일이 하나도 달려 있지 않았다. 왕은 나중에 군복을 벗고 옷을 갈아입고 나면 잘 익은 망고나무를 다시 찾아가 망고 잔치를 벌일 생각을 하면서 열매가 달리지 않은 두 번째 나무를 못마땅하게 여겼다.

왕이 다시 돌아와보니 잘 익은 망고가 주렁주렁 달리고 건강했던 나무가 과일은 하나도 없이 처참하게 망가져 있었다. 그의 병사들이 그가 옷을 갈아입고 돌아오기도 전에 그 맛있는 과일을 걸신들린 듯이 먹어치운 것이었다. 더 기가 막힌 건 그 나무는 수많은 가지가 부러지고 나뭇잎이 떨어져 병든 나무가 돼버린 것이었다.

반면, 과일이 하나도 달리지 않았던 망고나무는 병사들의 손을 타지 않아 건강하고 튼튼해 보였다.

그 지혜로운 왕은 다음 날 모든 걸 내던지고 스님이 되려고 길을 나섰다. 부유한 왕이라는 처지는 풍요로운 과일이 주렁주렁 달린 나무와 같은 것이었다. 호시탐탐 기회를 엿보는 대신들과 왕자들. 이웃 나라들조차도 그의 부귀영화를 탐하고 있었다. 한때 과일이 탐스럽게 달렸던 나무가 무참하게 짓밟히는 것처럼 그들의 공격으로 그가 부상당하거나 살해되는 건 시간문제일 뿐이었다. 스님처럼 무소유로 사는 게 더 낫다고 생각되었다. 그렇게 해서 그는 열매 없는 망고나무처럼 건강하고 튼튼하게 살 수 있었고, 늘 다른 사람들에게 시원한 그늘을 드리워주었다.

へ

나의 스승 아잔 차 스님과 지내기 시작한 처음 몇 달 동안 스님께서는 다음 이야기를 되풀이하셨다. 내가 스님께서 하시는 이야기를 약간의 문화적 차이로 제대로 알아듣지 못한 것은 정말 바보 같은 일이었다. 어쨌든 이제야 그런 생각이 났다. 내가 출가한 후 만나본 중에 제일 수승한 스승님이 이야기해주신 은유였다. 깨달음은 어떻게 해야만 일어나는지를 가장 완벽하게 묘사해주는 은유였다는 걸 요즘 들어 새삼스럽게 알게 되었다.

"왓 파 퐁(아잔 차 스님이 계시는 절)은 망고 과수원이다. 이 과수원의 나무들은 부처님께서 심으신 것이다. 그 나무들이 이제 다 자라서 수천 개의 망고가 먹을 때가 되었다. 부처님의 수승하신 지혜와 자비 덕에 오늘날의 스님들과 여스님들, 재가 제자들은 모두들 망고를 따러 나무를 타고 올라갈 필요가 없게 되었다. 망고를 떨어뜨리려고 막대기를 집어던지거나 나무를 흔들 필요도 없다. 해야 할 일은 오로지 망고나무 아래서, 두 손을 벌리고 완벽하게 고요히 멈춘 채로 꼼짝 않고 앉아 있는 것이다. 그러고 있으면 망고가 손안에 떨어진다. 그게 부처님의 지혜와 자비이다."

나는 망고나무를 알고 있었다. 당신이 망고나무 밑에 그저 앉아만 있으면 망고가 떨어질 때까지 며칠을 기다려야만 한다. 새들이 망고를 먼저 먹을 수도 있다. 게다가 막상 하나가 떨어진다고 하더라도 나의 운수상으로는 내 손안보다는 대머리 정수리에 떨어지기가 더 십상이었다. 스승님의 은유가 어리석게 들렸었다.

이제야 나는 누가 어리석었는지를 깨달았다. 수행하면서 당신이 원하는 바를 이루려고 '나무를 흔들거나' '막대기를 던지거나' '나무를 타고 올라가면' 아무것도 뜻한 대로 되지 않는다. 세상만사에 대한 일체의 욕망 없이, 당신의 마음을 조건 없는 사랑으로 열어놓은 채로, 완벽하게 고요히 멈춰 있는 것을 터득하게 되면, 깨달음의 망고가 당신의 손안에 사뿐히 떨어질 것이다.

ㄱᏟ

어느 가난한 농부가 곰팡이 핀 건초를 잔뜩 가지고 있었다. 그는 건초를 버리는 게 아까워 젖소들에게 먹이려고 했지만 젖소들은 고약한 맛이 나는 그 풀을 먹으려 하지 않고 차라리 굶으려 들었다.

그래서 농부는 곰팡이가 핀 건초를 신선한 건초와 섞어서 젖소들에게 주었다. 젖소들은 간단하게 좋은 것과 나쁜 것을 가려내고는 좋은 것만 먹었다. 곰팡이가 핀 건초들은 그대로 남았다.

하루는 농부가 뭔가 이상한 걸 목격했다. 마구간 옆 울타리를 두른 방목지에 풀이 많이 있는데도 젖소들은 방목지 울타리 바로 밖에 있는 풀을 먹으려고 울타리 사이로 머리를 내밀고 있는 것이었다. 그래서 농부는 곰팡이가 핀 건초를 울타리 바로 바깥에, 젖소가 머리를 내밀면 충분히 닿을 거리에 놔두었다. 며칠이 안 돼 그 곰팡이 핀 건초를 젖소들이 다 먹어치웠다. 금지된 건초는 설령 곰팡이가 핀 것이라도 맛이 좋은 법이다.

나는 이 은유를 남편 문제로 마음 끓이고 있던 한 친구를 돕는 데 사용했다. 남편은 좋은 사람이었지만 종교에는 관심이 전혀 없었다. 명상조차도 관심이 없었다. 그녀는 그가 시간을 내서 법회에 참석해 법문을 직접 들어보면 틀림없이 도움이 될 텐데 전혀 관심을 보이지 않는다고 푸념했다. 내가 말을 꺼냈다.

"간단해요. 내가 쓴 책을 하나 사가지고 집에 가서 남편에게 당신 책을 절대로 건드리지 말라고 하세요. 절대로 읽어보지 못하게 하세요."

그녀는 내 말대로 했다. 그리고 며칠 후, 그녀가 장보러 나간 사이 집에 혼자 있던 남편은 이런 생각을 했다.

'마누라가 왜 자기 책을 못 읽게 하는 걸까?'

그러고는 그 금지된 책을 집어들고, 첫 번째 이야기를 읽어보고는 마지막 이야기를 읽을 때까지 책을 내려놓지 못했다. 지금 그는 우리 절에 매주 온다.

❋

도교의 유명한 창시자인 노자는 매일 저녁 제자 한 명을 데리고 산책을 나갔다. 그런데 엄격한 규칙이 하나 있었다. 산책하는 동안 한마디도 말을 하지 않는 것이었다.

어느 날 한 신입생이 영광스럽게도 노자를 따라나설 수 있도록 허락을 받았다. 그날 노자와 제자는 마침 해가 지평선으로 지고 있을 때 산모퉁이에 다다랐다. 마치 천상의 축제를 위해 펄럭이는 깃

발들처럼 짙은 진홍빛, 황금빛, 노란빛 빛살들로 서쪽 하늘이 찬란하게 물들고 있었다.

그 자연의 장관 앞에 넋을 잃은 젊은 제자가 그만 자기도 모르게 말을 하고 말았다. 흥분해서 소리친 것이었다.

"와! 정말 아름답다!"

제자는 그 엄격한 침묵의 규칙을 어긴 것이었다. 스승은 조용히 돌아서서 사원으로 돌아갔다. 사원으로 돌아온 노자는 다시는 그 젊은 제자가 산책에 따라와서는 안 된다고 말했다. 제자는 규칙을 어긴 것이었으니까.

그 청년의 도반들이 그를 도와주려고 애썼다. 결국 그 한마디 때문이었다. 아름다운 석양을 보고 한마디 한 게 도대체 무슨 잘못이란 말인가.

노자가 말했다.

"그가 '와! 정말 아름답다.'라고 말했을 때 그는 더 이상 석양을 보고 있지 않았네. 그는 그 생각에 정신을 팔고 있었지."

어떤 일을 묘사하는 말을 인식하는 것과 그 일 자체를 경험하는 것 사이에는 근본적인 차이가 있다. 이정표와 그것이 가리키는 장소의 차이와 똑같은 것이다.

생각하는 것은 아는 것과 같지 않다. 무엇인가에 대해 생각하는 것은 있는 그대로를 알아차리는 것과 같지 않다.

그러면 우리가 어떻게 해야 내면의 침묵이 이뤄질까. 대부분의 사람들이 마음을 가라앉혀야 한다는 생각에 너무 몰두해서 생각을 멈추지 못한다. 다음의 연습 방법이 우리의 내면을 아무런 생각 없이 고요하게 만드는 게 얼마나 쉬운 일인지, 또 고요해지면 얼마나 즐거운지를 보여준다.

① 편안하게 앉아서, 눈을 감고 일이 분 동안 몸을 이완시킨다.

② 생각에 몰입하는 대신에, '나모따사' 구절을 일 분 동안 계속 암송한다.

③ 다음번에는 음절 사이사이에 무음으로 멈춰준다. 나⋯⋯ 모⋯⋯ 따⋯⋯ 사⋯⋯ 나⋯⋯ 모⋯⋯ 따⋯⋯ 사⋯⋯

④ 단계적으로 음절 사이 멈춤 기간을 점차적으로 늘려준다. 나⋯⋯ ⋯⋯ 모⋯⋯ ⋯⋯ 따⋯⋯ ⋯⋯ 사⋯⋯

⑤ 사이사이 멈춤 기간에 생각이 일어나면, 그 간격을 좁혀준다. 나 모 따 사. 이렇게 하면 생각이 밀려난다. 그리고 나면 다시 멈춤 간격을 늘려간다.

⑥ 곧 음절 사이 간격들이 길어지게 되고 그 길어진 간격들 사이사이에서, 말로 표현할 수 없는 내면의 침묵을 경험하게 된다.

'나모따사'의 의미를 알 필요는 없다. 모르는 게 낫다. 의미를 알게 되면, 당신은 필요 없는 생각을 다시 시작할 것이다.

−ゝ−

내가 스님이 된 첫해 태국 북서부 지방에서 지낼 때였다. 인근 마을에서 사흘간 계속되는 잔치가 열렸다. 아직 전기가 들어오지 않은 시골 마을이라 휘발유 발전기, 앰프와 확성기들이 들어왔다. 마을이 1킬로미터나 멀리 떨어져 있었지만 고요했던 우리 사원에 잔치 소리가 요란하게 울려퍼졌다.

불교는 언제나 '살고 싶은 대로 살기' 철학을 가르쳤지만 잔치가 새벽 두 시가 넘도록 요란하게 계속되자 '자고 싶은 대로 자게 해달라'고 요구하기로 결의했다. 무슨 일이 있어도 우리 스님들은 새벽 세 시에는 일어나 절집 일과를 시작해야만 했다.

우리는 촌장에게 잔치를 새벽 한 시에만 끝내주면 우리가 밤잠을 두 시간이라도 잘 수 있겠노라고 부탁했다. 그런데 촌장은 점잖게 거절했다. 그래서 우리는 널리 추앙받고 계신 스승님 아잔 차 스님을 내세워 새벽 한 시에는 볼륨을 낮춰달라고 말씀해주시도록 부탁하기 위해 대표단을 꾸려서 찾아갔다. 우리는 촌장이 아잔 차 스님께서 말씀하시면 무엇이든 따를 줄 알았다.

한데 아잔 차 스님께서는 반대로 우리를 이렇게 가르치셨다.

"소리가 너희들을 방해하고 있는 게 아니다. 너희들이 소리를 방해하고 있는 것이다."

그 말씀은 우리가 바라던 바는 아니었지만 효과가 있었다. 잔치 소리는 여전히 우리 고막을 울려댔지만 우리 마음은 울려대지 못했다. 우리는 불편 속에서 평화로워졌다. 잔치는 겨우 삼 일이었고 금세 지나갔다.

여러 해가 지난 뒤, 태국의 절에서부터 같이 지냈던 한 스님의 동생이 호주의 우리 사원을 방문했다. 불행하게도 손님방들이 모두 차 있어서 그 스님이 내게 하룻밤만 동생과 함께 방을 쓰면 안 되겠느냐고 부탁했다. 그들은 한방에서 함께 자란 형제였다. 나는 미심쩍은 마음에 말했다.

"아, 그런데 두 분 모두 이젠 나이가 들었잖아요? 아마도 두 분 다 코를 고실 것 같은데."

그 스님이 아무 문제 없을 거라며 졸라대 허락했다. 동생이 먼저 잠이 들었고, 예상했던 대로 코를 너무 세게 골아대 스님인 형은 잠을 이룰 수 없었다. 잠을 못 자 지친 스님은 문득 아잔 차 스님의 예전 가르침을 기억해냈다.

"소리가 너를 방해하고 있는 게 아니다. 네가 소리를 방해하고 있는 것이다."

스님은 유명한 클래식 작곡가의 자장가를 상상하면서 코 고는 소리에 맞춰 함께 연주하기 시작했다. 코 고는 소리를 바꿀 수는 없었지만 듣는 방법은 바꿀 수 있었다. 다음 날 아침 일어나서 떠오른 마지막 기억은 스님이 개운한 잠에 빠져들기 전에 동생의 코 고는 소리가 정말 아름다운 선율로 들렸던 것이었다.

남편이 코를 골거든 당신이 좋아하는 아무 음악이나 록 밴드 '그 레이트풀 데드'의 곡을 듣고 있다고 상상하시라. 한밤중에 개가 짖으면 차이코프스키의 1812년 서곡이나 비슷한 음악을 듣고 있다고 받아들이시라. 시끄러운 소리를 피할 수 없을 때는 받아들이는 방법으로 바꿔보시라.

— 9

불자들은 절하는 걸로 잘 알려져 있다. 서양인들은 종종 왜 우리가 절을 하는지 묻는다. 나는 불자들의 절은 위장 근육에 아주 좋은 운동이라서 살이 안 찐다고 대답해준다.

조금 더 진지하게 나오면, 우리가 불상에 절하는 것은, 예를 들어 부처님께서 우리에게 말씀하시는 덕목들에게 절하는 것이라고 말한다. 내가 불상에 하는 세 번의 절은 덕행, 평화, 연민에게 하는 것이다.

내가 처음 방바닥에 머리를 대고 절할 때는 덕행을 생각한다. 선량함은 나한테는 아주 중요해서 그것을 예배하는 것은 쉽다. 나는 내가 전적으로 신뢰할 수 있는 스님들 공동체에서 산다는 게 정말 행복하다. 내가 선량한 사람을 만나는 특전을 받을 때에는 이 세상은 좋은 곳이라는 걸 확신하게 된다. 덕행은 절을 받아 마땅하다. 더욱이 나는 내가 덕행에 절하고 그 중요성을 존중할 때 나 자신의 선량함이 늘어가는 걸 깨닫는다. 당신이 무엇을 숭배하고 존중하건 간에 절할 때마다 더욱 풍성해질 것이다.

다음에는 평화에 절한다. 평화는 나에게 무척 중요한데 바깥세상과 사적인 나의 명상 세계 모두에게 중요하다. 마음의 평화와 사람들 간의 평화 없이는 행복이란 있을 수 없다. 그래서 나는 평화를 예배하고 그럴수록 내 인생은 더 고요해진다.

마지막으로 나는 연민에게 절한다. 친절한 행위들은 세상에 온기와 빛을 가져다준다. 친절한 행위들은 고통을 견딜 수 있게 해주고 의미 있게 해주기까지 한다. 친절함이 없는 인생은 살 가치가 없는 인생이다. 때문에 연민에 절할 때 나는 더 자애로워진다.

이것이 불자들이 절하는 이유다.

몇 해 전에, 호주 퍼스의 명문 사립학교 목사로 있는 한 개신교 친구가 조회 때 법문을 해달라고 나를 초대했다. 내가 도착하자 내 친구와 교장선생님이 나를 영접했다. 교장선생님이 진행 순서를 설명했다.

"학교 전체가 모여서 조용해질 때까지 기다립니다. 그러고 나면 우리 셋이 걸어들어갑니다."

교장선생님이 계속 말을 이었다.

"우리는 기독교인이라서 목사님과 저는 예수님상에 작은 절을 합니다. 하지만 스님은 불교도시니 절을 안 하셔도 됩니다."

나는 중요한 걸 납득시킬 수 있는 기회가 왔음을 알았다. 교장선생님에게 돌아서서 얼굴을 찌푸리는 척하며 항의했다.

"불자로서 나도 당신들의 예수님상에 절할 수 있는 권리를 요구합니다!"

오랜 수행을 해오고 있는 불자로서 내가 존경하는 예수님의 여러 덕목들에 절할 거라고 설명하자 교장선생님은 깜짝 놀랐다. 분명히 나는 모든 기독교의 가르침에 동의하지 않는다. 안 그러면 난 불자가 아니라 기독교인일 테니까. 하지만 나는 내가 존경하고 숭배할 수 있는 것을 많이 볼 수 있어서 그것에 절하기를 원했던 것이다.

그렇게 해서 우리 셋은 조회에 들어가 예수님상에 예배를 했다. 그러고 나서 몇 달 후 교장선생님은 우리 불교사원을 방문하여 불상에 예배를 했다.

요즘 사람들은 인위적으로 조작되거나 강요하는 종교를 좋아하지 않는다. 불교가 인기를 끌고 있는 이유다. 불교사원의 혼란스러운 예식에 가보면 왜 우리가 인위적으로 조작된 종교가 아닌지 알게 될 것이다.

어떤 사람들은 불교가 도대체 종교이기나 한 건지 묻기까지 한다.

"그렇습니다. 불교는 종교입니다, 세금 측면에서 보면."

하지만 불자는 신을 어떻게 볼까?

오래전 나는 우리 지역 대학의 한 목회자 세미나에서 우연히 친구가 된 베네딕트 수도원장과 함께 공동 발표를 한 적이 있다. 질문 시간에, 청중 속에 있던 한 유명한 기독교인이 불교에서는 신을 어떻게 생각하고 있는지 설명해달라고 요청했다.

나에게는 불교의 고전적 말씀이나 스승님들로부터 물려받은 말씀을 인용하는 게 손쉬웠을 테지만 그런 이야기들은 그 질문에 대한 직접적이고 명쾌한 답이 되지 못할 것 같았다. 그래서 나는 세계의 위대한 두 종교 간에 더 지혜롭고 더 큰 화합을 이뤄낼 방법으로 답하기로 마음먹었다.

"제 옆에 앉아 계신 친구 플라시드 수도원장님께서 저에게 종종 이렇게 말씀하셨습니다. 그의 핵심 믿음 중의 하나가 누구나 신을 찾고 있는 것이라고 말입니다. 저는 제 친구를 너무나도 존경해서 이 믿음의 진실을 받아들였습니다. 그럼, 저와 다른 불자들은 무엇을 찾을까요?"

우리는 평화와 연민, 진실, 존중, 용서와 조건 없는 사랑을 찾는다. 불자들이 찾는 게 그것이라면, 무신론자들도 포함해서 누구나 신을 찾고 있다면, 신이 틀림없이 그러하실 것이다. 그건 평화와 연민, 진실, 존중, 용서와 조건 없는 사랑이다. 그게 불자들이 바라보는 신에 대한 개념이다.

다른 신앙을 가진 사람들이 내 말을 듣고 만족스러워했다.

ㄱㄷ

한 인기 불교 잡지로부터 깨달음에 대한 원고 청탁을 받고 TV쇼 〈누가 백만장자가 되기를 갈망하나요?〉에 대한 아래의 풍자극을 보냈다. 놀랍게도 그 인습 타파 원고가 출판되어버렸다.

누가 깨닫게 되기를 갈망하나요?

안녕하십니까? 신사 숙녀 여러분. 오늘 밤 ABC TV(호주 불교방송)의 〈누가 깨닫게 되기를 갈망하나요?〉의 마지막 회를 공개합니다.

이 쇼는 "금생에 우리 방석을 사용하면서 깨닫지 못했다면 다음

생에 방석값을 돌려드립니다!"라고 약속하는 유일한 회사인 명상 방석 삼매상사의 자랑스러운 후원을 받고 있습니다.

이제 집착하지 않는 큰 기쁨으로 오늘의 결선 진출자 네 분을 소개해드리겠습니다. 존경하는 스님들 안나 가미, 게시 보 데사트바, 로시 시드 아더 그리고 저명한 재가 명상 선생님이고 심리치료사이자 유쾌한 공인 활동가인 애미 타르바. 여러분 싸두, 옴 또는 무로 네 분을 환영해주십시오!

본 프로를 처음 시청하시는 분들을 위해서 규칙을 다시 알려드리겠습니다. 탈락 경합이 3회전 있습니다. 매 회마다 스님들의 깨달음 성취 테스트가 있겠습니다. 매 회 테스트 후에 꼴찌 한 분은 탈락하고 제자리로 돌아가시게 되겠습니다.

1회전은 질문입니다. 깨달음은 당신에게 무엇인지를 말씀해주십시오.

안나 깨달음은 자아가 없는 것을 뜻합니다. 실제로 여기 있는 유일한 상좌부 불자로서, 부처님께서 직접 설하신 가르침을 따르는 내가 제일 순수하고 깨달음이 높습니다. 내가 단언하는데 만약 당신이 자아가 없다는 걸 깨달았다면, 그렇다면 성취에 자부심을 가지시고 남들에게 말하십시오.

보 깨달음은 내가 내 제자들에게 아주 자애로워져서 그들에게 의도적으로 화를 내도 그들이 내 존재에 열등감을 느끼지 않도록 해주는 걸 의미합니다.

시드 깨달음은 집착하지 않는 것을 의미합니다. 나는 대단히 초탈해서 초탈에 집착하지 않기까지 합니다, 그래서 내 멋진 새 롤렉스에. 직접 보세요! 멋집니다, 안 그렇습니까?

애미 깨달음은 나에겐 어떤 일에도 죄책감을 느껴야 하는 자아에 대한 미혹 없이 근사한 섹스를 하는 걸 의미합니다.

감사합니다. 공을 성취하신 고귀하신 분들, 여러분의 깊이를 알 수 없는 지혜에 감사드립니다. 그리고 1회전과 쇼의 끝은…… 안나! 다시는 돌아오지 마십시오, 안나 가미.

2회전은 누가 가장 오래 앉아 있을 수 있는지 테스트하는 겁니다. 그럼, 공경하는 여러분, 공하고 나면, 명상 시작! 고~~오~~옹.

겨우 이 분 후에 애미가 눈을 뜨고 트위터 계정을 체크합니다. 시드는 꼬박 한 시간을 계속합니다. 하지만 보는 너무 오랫동안 꼼짝 않고 앉아 있어서 쇼에 나온 의사들이 그가 죽었다고 판단하고 화장해버립니다. 보는 여여히 갔습니다. 관객들은 보에게 "옴! 스위트 옴!" 노래를 크게 불러주었습니다. 이제 시드와 애미만 남았습니다.

이제 드디어, 흥미진진하시지요? 〈누가 깨닫게 되기를 갈망하나요?〉의 승자를 결정할 마지막 회전 시간이 왔습니다. 시드 그리고 애미, 두 분께서는 TV 생방송으로 신통력을 보여주시기 바랍니다.

시드가 눈을 감고서, 깊은 내면에 집중하면서, 환희의 분출과 함께 바람 위의 깃털처럼 공중으로 떠오릅니다. 높이 더 높이 시드가 무대 위로 공중에 뜨자 감탄한 관중의 우레와 같은 박수가 터져나왔습니다. 응원 소리가 지나치게 커 시드의 집중을 흩뜨려놓는 바람에 신통력이 깨져 무대 바닥으로 곤두박질쳤습니다. 목이 부러지면 즉사합니다. 관객 중의 많은 사람들이 사토리(깨어 있음: 눈앞에 있는 것을 생각을 보태는 일 없이 있는 그대로 보기)를 증득하고 시드는 땅으로 돌아가고 새 공안(역설적인 말이나 질문)이 태어납니다.

유일하게 남은 선수, 유명한 재가 명상 선생님, 심리치료사, 바르게살기 운동가인 애미 타르바 여사가 〈누가 깨닫게 되기를 갈망하나요?〉의 승자로 선포되고(앉지는 못하지만 보기에는 인상적인) 모든 장애를 뚫고 나가거나 넘어갈 GPS를 부착한 특별, 한정판, 순금 명상방석을 받았습니다. 그녀가 끝까지 남아서 갈망을 증득한 유일한 사람이었습니다.

이 원고는 내가 원작자이고 미국 불교 잡지 『마음 참구』 2010년 가을호를 위해 쓴 것이다. 이 원고는 깨달음의 성취에 대한 갈망을 타파하고, 깨달았다고 공식적으로 주장하는 사람들의 사기를 폭로 하고, 수세기 동안 총체적 혼란의 정점까지 깨달음을 뒤덮고 있는 수행 문화의 먼지를 청소기로 빨아내버리기 위해 좀 재미있게 쓴 것이다.

❦

한 박식한 철학교수가 지역 신문에서 마을에 오성급 레스토랑이 문을 열었다는 기사를 읽었다. 얼른 예약을 하기 위해 전화를 걸었다. 하지만 그 레스토랑은 벌써 인기가 너무 좋아서 다음 차례 예약을 위해서는 두 달씩이나 기다려야 했다.

팔 주 후에 그 교수는 근사한 옷을 입고 말끔하게 단장하고 그 오성급 레스토랑에 나타났다. 지배인이 그가 그날 밤 정말로 예약이 된 건지 확인하려고 그의 신원 확인을 요청했다. 예약된 걸 확인하고는 지배인이 그를 테이블로 안내했다.

교수는 그 특급 레스토랑의 실내장식과 가구를 보고 놀랐다. 튀지 않는 스탠드 램프에서 나오는 부드러운 불빛이 테이블을 따뜻하고 은은한 색으로 적셔주고 있어, 어스름하지만 잔잔한 해질녘의 분위기를 연상시켰다. 흰 나비넥타이를 하고 우아한 재킷을 입은 종업원이 그에게 메뉴를 건넸다.

메뉴판까지도 오성급 레스토랑의 호화롭고 풍요로운 치장들과 어울렸다. 메뉴판은 짙은 진홍색 테두리에 두꺼운 황금색 양피지로 만들어져 있었다. 메뉴판에는 108가지 음식들이 레스토랑보다는 미술관에서나 볼 수 있을 법한 우아한 붓글씨로 쓰여 있었다.

그 교수는 감탄하면서 메뉴를 응시하고, 여러 번 읽었다. 그러고는 메뉴를 시켜 먹었다. 먹고 나서 계산을 하고는 지배인에게 감사의 말을 남기고 떠났다. 그런 식으로 배운 그 불행한 교수는 메뉴와 음식의 차이를 몰랐다. 말이 그가 알고 신경 쓰는 전부였다.

독자 여러분, 그 메뉴의 108가지 음식들인 『시끄러운 원숭이 잠재우기』를 이제 다 읽으셨다. 그 철학교수처럼 말만 먹는 사람이 되지 않기를 바란다. 음식을 맛보시기를 진심으로 바란다.

아잔 브라흐마(아잔 브람)

아잔 브라흐마는 1951년 8월 7일 영국 런던의 노동자 가정에서 태어났다. 그리고 장학생으로 케임브리지대학에서 이론물리학을 전공했으며 1960년대 말에 졸업 후 일 년여 동안 고등학교에서 학생들을 가르쳤다. 그러다 승려가 되기 위해 태국으로 건너가서 수많은 사람들로부터 살아 있는 부처로 존경받던 아잔 차 스님 밑에서 수행을 하기 시작했다. 신참 수행승일 때 그는 '승려의 길'에 관한 영문 안내서 편집을 맡았다. 이 안내서는 나중에 서구의 수많은 불교 입문자들에게 훌륭한 지침이 되었다.

태국에서 수행승으로 배움의 시기를 보낸 뒤 그는 불교를 가르치는 아잔 자가로를 돕기 위해 호주 퍼스에 있는 웨스턴 오스트레일리아 불교협회 초청을 받아 그곳으로 갔다. 처음에는 퍼스 북쪽 교외에 자리한 오래된 집에서 아잔 자가로와 함께 생활했다. 그러다 1983년 말에 퍼스 남쪽 세르펀타인 지역 숲이 우거진 시골에 약 392,545㎡의 땅을 매입했다. 그리고 그곳에 보다냐나 수도원(스승인 아잔 차 보다냐나의 이름을 따서 지었다)을 세웠다. 보다냐나 수도원은 남반구 최초의 불교사원이 되었다. 이곳은 또 오늘날 호주의 가장 큰 소승불교 수도회 본부이다.

처음엔 그 지역에 아무것도 없었다. 절을 짓기 위해 퍼스에서 모금활동을 펼치던 몇몇 승려들만 있을 뿐이었다. 아잔 브라흐마는 건물 하나 없는 그곳에서 직접 벽돌 쌓는 일과 배관 및 미장일을 배워 지금까지 존재하는 수많은 건물을 세웠다.

1994년, 절의 주지로 있던 아잔 자가로가 안식년을 맞아 호주를 떠났다. 그리고 일 년 뒤 승복을 벗게 되자 아잔 브라흐마가 그 후임을 맡게 되었다. 처음에 그는 주지 직책을 완강히 거부했다. 그러다 결국 받아들였고 그 어느 때보다 열정적으로 일했다. 그의 명성은 점점 널리 퍼져나갔다. 흥미 있는 데다 희망을 주는 설법으로 그는 호주의 다른 지역과 동남아시아로 부터 수차례 초청을 받았다. 2002년에는 프놈펜에서 개최된 국제 불교회 의에 중요 인사로 참가했다. 그리고 2006년 6월에는 퍼스에서 열린 불교 회의를 이끌었다. 그는 바쁜 일정에도 쉬지 않고 일했다. 특히 암 환자들, 수감자들, 병들어 죽어가는 사람들을 위해 열정을 쏟았다. 보디냐냐에 있 는 승려들은 물론이고 여러 지역에 사는 수많은 사람들이 그에게서 명상 하는 법을 배우고 싶어 했다.

현재 아잔 브라흐마는 웨스턴 오스트레일리아 세르펀타인에 위치한 보 디냐냐 수도원장, 웨스턴 오스트레일리아의 불교협회 지도자, 빅토리아 불교협회 고문, 싱가포르 불교연맹 후원 위원으로 활동하고 있다. 한편, 오 스트레일리아 승가협회를 설립하기 위해 모든 불교 종파를 초월한 협력을 구하며 열심히 일하고 있다.

2004년 10월, 아잔 브라흐마는 그가 호주 사회에 보여준 비전과 리더십, 그리고 열정적인 가르침으로 커틴대학교로부터 존 커틴 상을 수상했다.

아잔 브라흐마는 그동안 『술 취한 코끼리 길들이기』, 『놓아버리기: 아잔 브라흐마의 행복한 명상 매뉴얼』, 『성난 물소 놓아주기』 등 여러 권의 저서 를 집필했다. 수백만의 조회수를 기록한 아잔 브라흐마의 법문 동영상은 인터넷에서 볼 수 있고, 디지털 음원이나 비디오 파일로 무료로 내려받을 수 있다.

엮은이의 말

사람이라면 누구나 세상에 태어나 마음속에 나무를 심습니다. 나무는 뿌리를 내리고 줄기나 가지를 뻗으며, 꽃과 열매도 맺습니다. 땅속으로 캘 수 없는 뿌리를 내리고, 하늘을 향해 줄기가 자라고 사방으로 가지를 뻗는 동안 나무는 연륜이 쌓여갑니다.

이 책을 엮으면서 줄곧 나무와 원숭이를 생각했습니다. 나무처럼 고요히 멈춰 있어야 하건만 원숭이처럼 이 나뭇가지에서 저 나뭇가지로 건너다니는 현대인의 분주한 마음은 잠시도 멈출 수 없기 때문입니다. 저의 스승이자 이 책의 저자이신 아잔 브라흐마 스님께서는 "수행하면서 당신이 원하는 바들을 일어나게 하려고 '나무를 흔들거나' '막대기를 던지거나' '나무를 타고 올라가면' 아무것도 이뤄지지 않는다."고 강조하셨습니다. 일체의 욕망을 버리고 완벽하게 고요히 멈춰 있을 때 깨달음이 온다고 말합니다.

저자 스스로 강조했듯이 이 책은 『술 취한 코끼리 길들이기』의 후속작입니다. 전편에서 만난 잔잔한 감동이나 유머는 훨씬 세련되었고 삶에 대한 통찰력은 더 깊어졌습니다. 108가지의 에피소드가 일곱 가지 테마를 이루면서 소개되고 있는데, 어둡거나 무거운 얘기보다는 쉽고 명쾌하면서도 재미있는 이야기들로 가득합니다.

1장에는 인간의 '희로애락'이 모두 담겨 있고, 2장에는 세상사에 펼쳐지는 사물 또는 관계의 속 내용을 새겨서 느끼는 '음미'의 시간을 이야기로 담았습니다. 아울러 3장에서는 느낀바 생각을 바르고 참되게 나아가는 '정진'의 이야기를 펼치고 있고, 4장에서는 인간과 사물에 대한 '연민'의 이야기, 5장에서는 사심이 사라지는 '무아'의 지경과 그에 대한 이야기, 6장에서는 일체의 욕망을 '내려놓음'으로써 고요히 멈추는 이야기, 그리고 마지막 7장에서는 모든 과정을 거쳐 깨달음과 '지혜'를 얻는 이야기를 담고 있습니다.

다시 말해서 이 책을 읽게 된다면 순차적으로 희로애락, 음미, 정진, 연민, 무아, 내려놓음, 지혜의 일곱 가지 과정을 통해 뿔난 원숭이처럼 분주한 현대인의 마음을 고요하게 잠재울 수 있을 것입니다.

다시 나무를 바라봅니다. 높은 곳에 있는 나뭇가지일수록 잔바람에도 쉽게 흔들립니다. 사람이 사는 일도 그렇지 않겠습니까. 높은 곳에 있는 사람일수록 작은 일에도 소홀하지 말아야 할 것이고, 청렴결백해야 할 일이지요. 많은 사람들이 그러지 못하기 때문에 원숭이 마음을 품고 있을 것입니다. 그러나 나무는 비가 오나 눈이 오나 땡볕이 쏟아져도 쉬어 갈 그늘을 들고 있다고 합니다. 무릇 내가 키우는 나무는 사람의 마음입니다. 마음이 분주할 때, 마음이 시끄러울 때, 조용히 원숭이를 잠재우는 법에 귀를 기울여도 좋을 것입니다.

2015년 7월
각산

시끄러운 원숭이 잠재우기

초판 1쇄 발행 2015년 7월 30일
리커버 특별판 1쇄 발행 2018년 5월 17일
리커버 특별판 6쇄 발행 2024년 1월 10일

지은이   아잔 브라흐마
엮은이   각산
펴낸이   이수철
주 간   하지순
디자인   최효정
마케팅   오세미, 전강산
영상콘텐츠기획   김남규
관 리   전수연

펴낸곳   나무옆의자
출판등록   제396-2013-000037호
주소   (10449) 고양시 일산동구 호수로 358-39 동문타워1차 703호
전화   02) 790-6630 팩스 02) 718-5752
전자우편   namubench9@naver.com
페이스북   @namubench9
인스타그램   @namu_bench

ⓒ 각산, 2015
ISBN 979-11-955006-6-6 03840